# Aka Morchiladze

Roman

# Reise nach Karabach

Aus dem Georgischen von Iunona Guruli

Weidle Verlag

# 1.

Alles begann Ende Februar.

In Tbilissi war Bürgerkrieg oder so was. Ich meine, als Präsident Swiad Gamsachurdia geflohen ist und danach ... Eigentlich kümmerten mich solche Geschichten bis dahin nicht, seither noch weniger. Es war Ende Februar, als Gogliko mich richtig bedrängte: »Laß uns fahren, laß uns doch fahren! Wir nehmen das Geld von Atschiko Kipiani und fahren.« Dazu hatte ich aber gar keine Lust. Vor allem im Winter, erst über die aserbaidschanische Grenze, dann wieder zurück. Und wieso sollte ich überhaupt fahren? Es gab nicht mal Benzin. Trotzdem ließ er nicht locker. Ich würde ihm Glück bringen, meinte er, »laß uns fahren, das Zeug mitbringen, und bis zum Herbst werden wir stoned sein. Gratis.«

Ich wollte nicht. Ich wollte das seit längerem nicht mehr. Ich vermißte es vielleicht vier bis fünf Mal im Jahr. Wohin willst du mich mitschleppen? Ich bin doch kein Kind mehr. Fahr du allein und bring das Zeug mit, dann erzähl überall rum, daß du dir in Gandscha harte Drogen und Gras besorgt hast. In Gandscha besorgt. In Gandscha ... und so weiter.

Er wiederholte wie eine kaputte Schallplatte immer wieder das Gleiche: »Nimm mich mit! Nimm mich mit!« Zu alledem stolperte er beim Reden auch noch. Zum Teufel mit ihm.

Er ging und kam am Abend wieder, zusammen mit Kipiani. Groß ist der, wie ein Büffel. Den Schal trägt er doppelt übereinander um den langen Hals gewickelt. In den Händen hielt er einen Rosenkranz.

»Giuschki«, sagte er zu mir, »bitte versteh' mich nicht falsch. Ich hab die Hälfte der Tataren über den Tisch gezogen, einschließlich Bullen und Dealer. Du bist ein Freund von Gogliko und auch mein Freund. Die zwei Tage spielen doch keine Rolle. Du hast mein Ehrenwort, daß ich dir alle Ausgaben ersetze.«

Er kann jeden überreden.

»Benzin?« sagte ich. Daß wir fuhren, hatte ich bereits beschlossen.

»Benzin gibt's drüben in Aserbaidschan bei den Tataren. Zwanzig Liter gebe ich dir direkt.« Also würde ich den Lada, den mein Vater mir geschenkt hat, über die Rote Brücke schieben müssen. Zwanzig Liter würden nämlich kaum reichen, uns aus Tbilissi rauszubringen, der Tank war nicht mal halbvoll. Also fuhr ich zu meinem Vater.

Nana und Irakli waren zu Hause. Irakli schaute einen Film mit Schwarzenegger und war nicht mal zu sehen in seinem Sessel. Ich ging zu ihm und küßte ihn. Seine Augen waren weit aufgerissen, und in den Händen hielt er ein Maschinengewehr. Natürlich ein Spielzeug. Irakli ist mein fünfjähriger Halbbruder. Nana ist die Frau meines Vaters. Er heiratete sie erst, als ich erwachsen wurde. Aber ich kann mich aus meiner Kindheit sehr gut daran erinnern, wie er sie mit nach Hause brachte. Damals überließ er mir die Wohnung an der Kawsadzestraße und zog mit Nana zusammen. Mein Vater ist jetzt dreiundfünfzig, Nana achtunddreißig. Sie ist eigentlich noch ein Mädchen. Wie Duda sagt, hat sie sich die Millionen von Tengiz unter den Nagel gerissen und Gio auf dem Lada sitzenlassen. Irakli hat ihre Augen bekommen, mit weichem und leicht benebeltem Blick.

Mein Vater ist ein ewig junggebliebener Tbilisser Angeber. Einer von denen, die den Stadtnarren Geld schenken. Davon gibt es einen ganzen Haufen.

»Wir können doch nicht jedes Arschloch in dieser Stadt dulden«, war sein Lieblingsspruch. Tagsüber kümmert er sich um seine Geschäfte oder hängt mit seinen Kumpels rum. Erst spät abends kommt er nach Hause. Auch jetzt hatte er sich rausgeschlichen. Irgendwohin.

»Wo ist er?«

»Auf Kontrolle«, seufzte Nana.

»Was für eine Kontrolle?«

»Die Straßenkontrolle. Sie durchsuchen nachts Autos und beschlagnahmen die Schußwaffen.«

Ich konnte mir das Lachen nicht verkneifen.

»Wie, ist er jetzt bei der Polizei?«

»Nein. Sie haben irgendeine Organisation gegründet, eine Art Bürgerwehr. Alle sind dabei, die Mikaberidzes, Jilbera Ramischwili, Sasha, Buba. Eigentlich alle.«

»Und sie sorgen für Ordnung ...«

»Er tickt nicht mehr richtig, fuchtelt mit diesen Pistolen rum. Willst du was essen?«

»Nein. Weißt du, ob er Benzin hat?«

»Bestimmt. Nimm den Schlüssel und schau unten nach.«

So weit, so gut. Aber jetzt war ich überfordert.

»Nana, wann kommt er eigentlich zurück?«

»Keine Ahnung. Wahrscheinlich gegen Morgen. Was ist denn?«

»Ich fahre weg, und was weiß ich ...«

»Wohin?«

»Nach Jerewan. Für zwei Tage. Mit den Jungs und so ... Besser, als hier zu sein ...«

Nana dachte kurz nach.

»Komm, iß bitte was. Nimmst du sie auch mit?«

»Nein.«

»Was willst du denn sonst in Jerewan?«

»Was soll ich hier machen?«

»Toll, daß du sie sitzengelassen hast. Tengiz war ganz außer sich.«

»Ach?«

»Du brauchst das Geld und willst mich nicht fragen.«

»Nicht so viel«, lachte ich.

Nana ging aus dem Zimmer und fragte mich in der Eingangshalle:

»Wieviel brauchst du?«

»Wenig.«

»Tausend, zweitausend?«

»Einer reicht.«

»Hier sind tausendvierhundert und noch was. Nimm alles.«

Ich nahm lediglich tausend, küßte Irakli, zwinkerte Nana zu und ging nach unten. Im Keller stand eine lange Reihe von Benzinkanistern. Mein Vater ist ein typischer Imperialist.

Ich hörte Schritte, drehte mich um und sah Nana.

»Ich sag ihm nicht, daß du wegfährst, sonst regt er sich auf.«

»Ist gut.«

»Leg den Hörer nebens Telefon. Ich richte ihm aus, daß du hier warst und daß du nicht anrufen kannst, weil die Leitung tot ist. Außerdem sage ich, daß du dich mit einem anderen Mädchen triffst und mit ihr verschwindest. Okay?«

»Nana, falls Tengiz eine Kugel abbekommt, was sollen wir dann machen?«

»Blödmann, wie kannst du so was sagen ...«

»Tja, er hat doch damit angefangen, Revolutionär zu spielen und das noch in seinem Alter.«

»Ich weiß auch nicht. Davor habe ich eigentlich auch Angst. Er meint, wenn sie Gamsachurdia schon letzten Sommer angegriffen hätten, ginge es uns heute sehr gut.«

»So nach dem Motto: Die Stadt gehört mir.« Wieder mußte ich lachen.

* * *

Ich kam nach Hause. Es war so stockdunkel, daß ich mit Mühe die Treppen hinauffand. Das Abschalten des Stroms machte mich endgültig fertig. Zu Hause habe ich eine einzige dekorative Kerze aus Japan, mit irgendwelchen Zweigen verziert. Ikebana oder so ein Scheiß. Die brennt schon den ganzen Winter lang und ist nicht totzukriegen. Auch die Zweige sind auf japanische Art bescheuert, die brennen weder, noch duften sie. Also zündete ich meine Kerze an und setzte mich daneben. Seit Kriegsbeginn habe ich nicht mehr im Bett geschlafen, sondern im Sessel. Auf einer Seite stand die Kerze, auf der anderen das Radio. Letzteres interessierte mich auch nicht, aber mein Vater rief jeden Abend an: »Hast du die Nachrichten gehört? Was wurde berichtet? Okay, okay. Also nur ›Radio Free Europe‹, okay. Und weiter nichts? Über uns? Was?«

So gesehen war ich das Pressezentrum und der tägliche Nachrichtenheini für Tengiz Mikatadze.

In der Regel schlief ich beim Radiohören ein, am Morgen brannte die Kerze noch, war immer noch nicht runtergebrannt. Die machten mich verrückt, einerseits diese Kerze, andererseits die tiefen Baritonstimmen meiner jüdischen Nachbarn und letztendlich mein Putschisten-Vater.

An diesem Abend bin ich wie meine Kerze runtergebrannt. Meine Gedanken ließen mir keine Ruhe, und ich wußte nicht, was tun. Keine Ahnung, ob das Gespräch mit Nana mich aufgewühlt hatte oder ich mich an etwas erinnerte, jedenfalls begann ich in meinem Inneren Gogliko zu beschimpfen. Ich mache das jedes Mal, wenn ich sauer bin. Wahrscheinlich, weil er ein Idiot ist. Ich kann mich nicht erinnern, daß er je etwas Vernünftiges gesagt oder gemacht hätte.

Im Unterschied zum gestrigen Blödsinn ist diese Geschichte so schön und süß in mir verankert, daß ich bis heute Gänsehaut kriege. Es war im Oktober. Damals hatte ich kein Auto, ich hatte eigentlich rein gar nichts. Gogliko, Duda, Wato Amiredschibi und ich gingen gemeinsam aus. Es war kein Bordell, sondern irgendeine Wohnung irgendwo am Stadtrand. Die Bude stand auf dem Kopf und war voll mit Weibern. Duda sagte, es wäre sein Kontingent, und jede wäre zu kriegen. Falls sie uns mögen würden, würden sie uns noch mal einladen. Also kauften wir was zu trinken, Kuchen, Zigaretten, alles andere und gingen nach oben. Sie waren zu viert, genau wie wir. Deshalb haben wir richtig Gas gegeben, zuerst haben wir getrunken und gegessen. Dann nahm Wato ein Mädchen aus dem Zimmer mit, Duda das zweite. Nur Gogliko, ich und zwei von denen blieben im Zimmer. Auf einmal griff Gogliko nach der einen und wollte sie aus dem Zimmer bringen. Sie stand langsam auf und hatte müde Augen. Ich weiß noch, daß sie ein schwarzes T-Shirt und viele Ringe trug.

Wir gehen Luft schnappen – grinste Gogliko und zeigte seine schiefen Zähne. Keine Ahnung, was in mich gefahren war, aber ich gönnte Gogliko dieses müde und ernste Mädchen nicht. Mädchen ist vielleicht zuviel gesagt, sie war drei Jahre älter als ich.

Die Namen solcher Frauen kann ich mir selten merken. Mit ihr war es das gleiche. Ich wußte nur, daß es kein georgischer Name war. Im nächsten Moment stand ich auf und nahm Gogliko mit in den Flur.

»Hast du Gras dabei?« fragte er erfreut.

»Überlaß die Frau mir«, sagte ich. Er ist so, total verdorben. Man muß ihm alles direkt sagen.

»Magst du sie?« Er kommt immer gleich auf den Punkt. Er ist Gedankenleser. Aber damals schien das alles noch lustig.

Er ging rein und nahm die andere Frau mit.

Auch ich kehrte ins Zimmer zurück.

Sie saß am Tisch, den Kopf in die Hände vergraben und die

Haare im Gesicht. Man konnte ihre Augen nicht sehen, und sie knabberte an ihrer Unterlippe.

»Wie heißt du?« fragte ich sie.

»Jana«, antwortete sie und stand auf. Sie war ein sehr gutes Mädchen, also wußte ich, daß sie nicht gleich zur Couch gehen würde.

Auf einmal ging die Tür auf, und Duda kam in ein Bettlaken gehüllt rein.

»Ich brauch Zigaretten ...«

Ich sehe bis heute vor mir, wie er nach der zerknitterten Schachtel griff und mir zuzwinkerte.

Dann ging er raus und schloß die Tür hinter sich ab. Jana trat ans Fenster. Auch auf der anderen Seite konnte man erleuchtete Fenster sehen. Die Fenster eines heruntergekommenen Hochhauses in einem abgelegenen Stadtteil.

Ich ging zu ihr und legte meinen Arm um ihre Schulter. So etwas hatte ich vorher noch nie gemacht. So etwas ist mir noch nie passiert. Ich wußte nicht, was ich sagen sollte. Wenn du zu den Dirnen gehst, weißt du immer vorher Bescheid, wie man dich aufnehmen wird, was zu dir gesagt wird, wo du gekniffen wirst, und du benimmst dich auch entsprechend. Aber sie ... Ich versuchte mich später daran zu erinnern, ob ich sie bereits am Tisch beobachtet hatte, aber was ich genau weiß, ist, daß sie am leisesten war.

Wir denken nicht über Frauen nach. Du gehst hin, trinkst was, hast deinen Spaß, und egal, wie schlecht du drauf warst, alles ist wie vom Winde verweht. Aber die Frau will vielleicht gar nicht, daß irgendeine stark behaarte Nudel wie Gogliko sie besteigt und mit Cognacfahne auf ihr rumkeucht.

Also standen wir am Fenster, wie in den kitschigen Liebesliedern beschrieben wird. Auf einmal zitterten ihre Schultern, und sie fing leise, sehr leise an zu weinen. Sie hatte so eine Art unterdrückten hysterischen Anfall. Man konnte kaum hören, wie sie schluchzte. Ich glaube, als wir sie wie Feuerzeuge mit ihrer Freundin getauscht haben, war sie endgültig am Boden zerstört. Sie sank in sich zusammen, verkrümmte sich und lehnte sich an meine Brust. Sie weinte mit gesenktem Kopf. Ich wußte nicht, was tun. Abrupt beschloß ich, sie mit nach Hause zu nehmen. Wir gingen aneinandergeschmiegt raus. Wir warteten eine Weile, dann fanden wir ein Taxi und fuhren los. Als wir in die Wohnung kamen, stand sie immer noch mit offenen Haaren da, man konnte ihre Augen nicht sehen. Ich nahm sie mit ins Schlafzimmer, aber ich dachte eigentlich nicht an Sex. Sie warf sich aufs Bett und wimmerte weiter. Ich hatte in meinem ganzen Leben mit niemandem so viel Mitleid wie mit ihr.

»Ich mach' Kaffee.« Letztendlich fiel mir der passende Grund ein, und ich ging aus dem Zimmer. Als ich mit der Kaffeetasse zurückkam, lag sie in der gleichen Position, aber weinte nicht mehr. Ich setzte mich in die Nähe, vor den Spiegel, und lehnte mich an die Wand. Ich weiß nicht mehr, worüber ich nachgedacht habe oder wann genau ich eingeschlafen bin.

Eine Berührung weckte mich.

Sie stand vor mir, traurig, mit einem blassen Lächeln, und streichelte mit den Fingerspitzen mein Gesicht. Ich erinnere mich, daß ich ihre Hand küßte. Es kam einfach so, ohne viel darüber nachzudenken. Sie schien verdutzt.

»Ich gehe dann«, sagte sie plötzlich.

Ich stand auf und küßte sie. Jungs küssen solche Mädchen nicht – als wären sie selbst sauber und rein. Sie wollen die Frau, aber ihre Lippen widern sie an. Doch damals fühlte ich mich irgendwie besonders. Als ob ich mit allem zufrieden wäre. Ich wußte nicht, was mit mir los war. Seit dem Kindergarten hatte ich niemanden geliebt, und woher sollte ich etwas vom Küssen wissen? Sie hatte trockene Lippen, wahrscheinlich genau wie ich.

»Ich gehe dann«, wiederholte sie und schob meine Hand vorsichtig zur Seite.

Jana ging weg.

* * *

Ich konnte sie nicht vergessen. Immer wieder erinnerte ich mich an ihre Gesichtszüge, Finger, nassen Augenlider. Ihr Bild war zwar nicht ständig um mich, aber ich kriegte sie nicht aus dem Kopf. Suchen wollte ich sie nicht, sonst würden die Jungs anfangen ... Sie sind doch die größten Klatschtanten auf der ganzen Welt.

Gogliko hat mindestens zehnmal erzählt, wie ich mit ihm die Frauen getauscht habe. Jedesmal regte ich mich wahnsinnig auf, aber lachte trotzdem mit.

Jana blieb verschwunden.

Noch ein, zwei Monate und ich hätte sie wahrscheinlich vergessen.

Wieder erinnere ich mich. Es war an Weihnachten. Ein kalter und farbloser Morgen in Tbilissi. Wir hatten die ganze Nacht durchgefeiert, und irgendwer fuhr mich mit dem Auto nach Hause. Ich war betrunken, rannte die Treppen rauf und verlor so plötzlich das Gleichgewicht, daß ich beinahe gestürzt wäre.

Auf meinem Stockwerk, am Treppenabsatz, saß Jana. Sie trug einen farblosen kurzen Mantel und eine Baskenmütze. Ihre Augen sahen wieder müde aus, und die Lippen waren völlig bleich. Wie ein Wintervogel lehnte sie am Treppengeländer. Solche Szenen sind oft in Chaplins Filmen zu sehen ...

Am besten kann ich mich daran erinnern, daß sie völlig durchgefroren war.

Später, als wir in der Wohnung waren, im Bett lagen und die letzte, zufällig in der Jackentasche gefundene Zigarette rauchten, konnte ich so frei atmen, daß ich meinte, woanders, an einem unbekannten, friedlichen und beruhigenden Ort zu sein, von wo ich nie mehr auf die Straße oder irgendwoanders hingehen müßte.

Jana war still. Sie flatterte fast geräuschlos durch die Zimmer. Im allgemeinen redeten wir ganz wenig. Das Wetter war auch entsprechend, irgendwie ereignislos. Drei Tage lang ging ich nicht aus der Wohnung. Erst rief Gogliko an, dann kam Nana vorbei und brachte eine halbe Torte und anderen Kram mit. Jana machte die Wäsche. Die Badezimmertür stand offen, und Jana hatte außer meinem Pulli nichts an. Sie hörte die Tür nicht. Ich konnte doch nicht anfangen, geh dort rein, zieh das an und so ein Blödsinn.

Nana war verdutzt. Sie kann sich sehr gut beherrschen, aber ich merkte ihr sofort an, daß so etwas wie Empörung über ihr Gesicht geflogen war. Sie blieb nicht mal fünf Minuten bei uns und verließ die Wohnung fluchtartig. Als ich die Tür zumachte und zurückkam, stand Jana in der Badezimmertür, und ihre nassen Arme hingen komisch herunter. Als ob sie bereit wäre wegzurennen.

»Ich gehe dann«, sagte sie genauso wie damals.

Ich begriff sofort, oder besser gesagt, ich stellte mir vor, was passieren würde, wenn sie wegginge. Ich würde erst zu Gogliko gehen, dann mit ihm zusammen anderswohin, dann wieder weiter. Wir würden irgendwo sitzen, zwei Schachteln rauchen und, falls wir Glück hatten, auch kiffen. Später würden wir mit ein paar anderen zu einer Party gehen, und falls weder Gogliko jemanden verletzte, noch er selbst verletzt würde, käme ich gegen Mitternacht nach Hause. Den zur Seite gelegten Telefonhörer würde ich richtig auflegen, und nach genau zwei Minuten würde Nana anrufen: »Tengiz hat nach dir gefragt.«

Jana war alles für mich. Sie war etwas, worüber ich nie nachgedacht hatte, was ich nie haben wollte. Das war etwas, wofür die Menschen wahrscheinlich überhaupt leben. Ich weiß bis heute nicht, was eine Familie bedeutet und was mit den Worten: »Familie als gottgewollte Institution« und derlei Quatsch gemeint ist. Auf jeden Fall war ich davor noch nie so glücklich, so ausgeglichen und voller Ruhe gewesen. Noch nie hatte ich so viel nachgedacht und geträumt wie in diesem Winter. Ich hatte kein einziges Mal den Videorekorder eingeschaltet. Den Jungs machte ich die Tür nicht auf und ging jeden Morgen Brot kaufen. Ich hätte auch gearbeitet, nach dem Studium. Ich bereitete schon meine Diplomarbeit vor, und eine elende Gestalt aus der Projektabteilung machte für mich die Zeichnungen fertig.

Jana verließ mich nur an den Wochenenden, sie wohnte gemeinsam mit einer Tante irgendwo auf der Moskauer Allee. Um den Hals trug ich ihren schlichten grünen Schal und lief so herum, ziel- und gedankenlos. Die Jungs wußten schon, daß sie bei mir wohnte, ließen sich aber nichts anmerken. Nur Gogliko grinste ab und zu, wenn er sagte: »Laßt uns abhauen, seine Frau kommt gleich.« Ich ließ ihn ohne Antwort. Nicht mal der Papst hätte das Ganze verstehen können, geschweige denn Gogliko. Lediglich Duda schien verwirrt. Es war sonnenklar, daß er die ganze Zeit über Jana und mich nachgrübelte. Ich wußte, daß sie aus seinem »Mädchenkreis« stammte ... Er wußte wahrscheinlich viel mehr als ich, hundertmal mehr. Diese Klatschtante kann mich mal ... Ich scherte mich keinen Deut darum. So gut ging es mir noch nie. Alles gefiel mir und freute mich. Bei jedem Wetter gingen wir spazieren, bei Kälte, Regen und Schnee. Immer zu Fuß. Auf der Gribojedow-Straße gab es einen Keller mit dem Namen »Mingrelische Küche«. Wir saßen die ganze Zeit dort. Jana lächelte, und ich freute mich, wir redeten ganz normal und menschlich miteinander. Ihre Hand lag immer in meiner Tasche und ich drückte sie, so fest ich konnte. Ich hab mich in das gemeinsame Zuhause verliebt. Jana trug stets meine Pullover und ihren farblosen Mantel. Ich habe ihr eine Jeans gekauft, italienisch oder so. Wir lachten oft und viel.

Eines Morgens ging ich zu meinem Vater. Es war früher Morgen. Er lag im Bett, Irakli saß auf seinem Bierbauch, und sie rangen miteinander.

»Ich brauche fünftausend Rubel«, sagte ich. Er setzte Irakli ab und richtete sich auf.

»Hast du gezockt?« Er war schon kurz davor loszubrüllen.

»Ich will eine Jacke kaufen.«

»Du hast doch eine Jacke, dieses Daunending, oder wie auch immer es heißt.«

»Ich will sie trotzdem.«

»Wo fährst du hin?« Er hat einen Knall. Immer bildet er sich ein, daß ich abhauen will, nach Inguschetien oder so.

Seit damals, als Mortschila und ich im ersten Studienjahr in der Nähe von Mleta verhaftet wurden, hat er Wahnvorstellungen, daß da irgendwas abgeht. Eigentlich haben sie uns auch damals grundlos eingelocht. Die Sache lag völlig anders.

»Ich fahre nirgendwohin. Ich will eine Jacke. Wo soll ich denn hinfahren?«

»Was weiß ich. Ihr Mistkerle seid doch keine Männer!«

Dann stand er auf, kratzte sich am Bierbauch und brüllte:

»Nana!«

Nana kam herein.

»Wo fährt er hin?«

»Wo soll er denn hinfahren? Er will einfach eine Jacke.«

»Ihr flüstert doch die ganze Zeit hinter meinem Rücken miteinander. Sobald er reinkommt, rennt er zuerst zu dir. Ihr wollt mich wohl verarschen.«

»Magst du Tee trinken, Tengiz?«

»Du gehst dann mit ihm, und ihr kauft die verdammte Jacke zusammen«, sagte er auf einmal und wandte sich zu mir: »Brauchst du sie für Gogliko?«

»Nein, nein. Wieso ist das so schwer zu verstehen? Ich will sie für mich.«

»Dann nimm den Schlüssel und fahrt mit dem Auto! Setz sie nicht irgendwo ab, und ruf mich später nicht aus einer Polizeiwache an!«

Ich hab mich sogar gefreut. Die Jacke, türkisch oder so, wollte ich für Jana. Sie hing im Vera-Viertel, im Schwarzmarktladen von Margischwili, und ich wollte sie zurücklegen lassen. Temur Pantschulidze und ein paar andere Jungs, die ich kannte, waren ebenfalls im Laden. Pantschulidze nahm die Jacke vom Bügel und wollte sie bezahlen. »Nimm, Gio, das Geld kannst du mir Ende der Woche zurückgeben.« Der Junge weiß Bescheid. Zu Atschiko Kipiani hätte er das nicht gesagt. Er weiß, wenn Tengiz Mikatadze will, kauft er nicht nur die Jacke, sondern den ganzen Laden von Margischwili, inklusive aller Schokoriegel.

Nana musterte erst die Jacke und dann mich.

»Sie wird nicht passen. Sie ist zu klein.«

Die Jacke hatte Knöpfe auf der linken Seite. Nana betrachtete mich noch einmal, legte das Geld auf die Theke und drehte sich zu mir: »Nimm sie. Ich bin in einer Minute wieder da.«

Eine halbe Stunde lang saßen Nana und ich dann im Auto vor Margischwilis Laden. Ich erzählte ihr alles. Sie fragte mich aus. Auf ihre Art, sehr sanft. Sie schien sehr besorgt zu sein.

»Tengiz wird ausflippen«, sagte sie schließlich.

Natürlich würde Tengiz ausflippen.

»Ihr könnt doch nicht für immer so weitermachen. Es wird sich ändern ...«

»Und was genau wird sich ändern?«

»Giuschki. Du bist ein sehr guter Junge, aber Tengiz wird es nicht zulassen, daß du sie heiratest.«

Nicht zulassen! Anscheinend denken sie, daß man Jana und mich zum Standesamt bringen muß, mit Rosen und Nelken in der Hand, in Begleitung von meinen zweihundert und Tengiz' fünfhundert Freunden. Das Restaurant »Iweria« wäre nur für uns reserviert, der ganze Verkehr hätte unseretwegen stillgestanden, und irgendeine Alte mit Tauben und Trinkhorn wäre in den Saal hereinspaziert.

»Ich sag ihm nichts. Genießt die Zeit, solange es geht. Wenn er dich erwischt, redest du dich selbst raus.«

Dann nahm sie ein mit Halbedelsteinen bestücktes Silberarmband aus der Handtasche, syrisch oder türkisch, und steckte es in eine der Taschen der neuen Jacke.

»Du hast keine Ahnung, was man einem Mädchen schenken soll«, sagte sie lächelnd und zwinkerte mir zu.

Ich hatte das Gefühl, daß Nana sich selbst dieses Geschenk machte.

Jana schlief noch. Ich küßte sie und zog ihr die neue Jacke an. Sie war noch im Halbschlaf. Auch das Armband zog ich aus der Tasche und legte es ihr um den Arm. Wir saßen auf dem Bett und lachten.

Seitdem grüble ich ständig nach und versuche mich zu besinnen, ob es diese Tage wirklich gegeben hat. Ob Jana sich wirklich freute und ob wir an den regnerischen Tagen tatsächlich am Fenster saßen und uns an unsere Kindheit erinnerten. Heute erscheint das Ganze in so weiter Ferne, daß ich mich jedesmal an etwas klammere, wenn ich über diese Zeit nachdenke. Jana, Jana, Jana – ich hatte nichts anderes im Kopf, und ich dachte über sonst nichts nach. Ich machte keinen Rückzug. Etwas Besseres als das kannte ich nicht, und basta! Ich wußte nicht, wie wir leben sollten, was passieren würde oder wie. Jana schien wie eine Feder zu sein, warm, leicht. Beim Einschlafen legte sie ihren Kopf immer auf meine Schulter und murmelte ununterbrochen verschiedenes Zeug. Ich lag mit geschlossenen Augen da und wartete darauf, daß sie mir den nächsten liebevollen Unsinn in der Stille der Nacht zuflüsterte ...

An jenem Morgen hat es geschneit. In Tbilissi gibt es ja nur zweitägigen Schnee, der sehr kurze Zeit angenehm ist und sich danach in einen allesverschlingenden Schlamm verwandelt. Es war genau diese Zeit. Als ich aufwachte, stand Jana am Fenster.

Sie ließ mich nicht mal zu sich kommen und sagte mit tiefer Stimme in ihrer typischen, direkten Art:

»Ich glaube, ich bin schwanger.«

Ich wußte, daß es eine sehr gute Neuigkeit war, aber ich wußte nicht, was tun. Ich dachte, in diesem Zustand bekommt man das Bedürfnis nach allen möglichen Dingen, und auch wenn sie mitten im Winter Erdbeeren essen will, mußt du sie besorgen. Es war etwas Ungewöhnliches, wie das Warten, neue Gefühle, etwas, was man davor nicht kannte, die gigantischen, fragilen Gedanken. Wir spazierten den ganzen Tag durch den Schnee. Um uns liefen Kinder herum, Frauchen führten ihre Hunde spazieren, die Alten watschelten im Schneckentempo um den gefrorenen Brunnen. Der Himmel über uns war schneeweiß und ruhig. In den verschneiten Alleen des Parks fühlte ich mich so leicht, daß ich befürchtete,

Jana könnte mir aus der Hand gleiten, schmelzen und sich mit der kalten, ungewöhnlich würzigen Luft vermischen. Ja, solche Gedanken kamen mir in den Sinn. Ich stopfte sie immer wieder mit Schokolade und solchem Zeug voll. Auch das hatte ich irgendwo gehört.

Wie gesagt, ich dachte über nichts nach, weder über Tengiz noch darüber, was in der Regel darauf folgt und was, wie ich feststellen mußte, in dieser wunderschönen Stadt mehr geschätzt wird als ein Kindesleben und Menschenglück. Es hat mehr Wert als die Liebe zwischen einem Mädchen und einem Jungen. Die Regeln haben anscheinend Priorität. Das heißt, wenn Gogliko mein Freund ist, ist es normal und so. Aber wenn Jana mit mir zusammen sein will, ist es abnormal. Anscheinend müßte mein Vater mich umbringen, weil ich mit dem Mädchen Mitleid gehabt habe, weil ich mich in sie verliebt habe, weil ich sie mit nach Hause gebracht habe. Das arme Mädchen, das in einer verqualmten Bude liegende elende, zitternde, weiche und zarte Mädchen. Ich hätte anscheinend das alles wissen sollen, weil Tengiz Mikatadze nicht irgendein Taxifahrer ist.

Ich wußte es aber nicht.

Anscheinend sind die bösartigen Freundinnen von Jana nur deshalb auf die Welt gekommen, um Duda unter ihm liegend von Jana und mir zu erzählen. Duda war ja einfach verpflichtet durchzudrehen, eine Potenzschwäche zu kriegen und was weiß ich noch.

Am Samstagabend rief mich Gogliko an.

»Bist du allein?«

»Ja.«

»Wir kommen gleich vorbei«, sagte er und legte auf. Bereits nach zwanzig Minuten standen sie vor der Tür, sie waren anscheinend irgendwo in der Nähe gewesen. Gogliko, Duda,

Tato, Wika und Japara. Am Anfang raffte ich nicht mal, was sie wollten. Nur Gogliko hatte so ein zufriedenes, gesättigtes Gesicht. Duda wirkte verdüstert und schaute nur auf den Fußboden. Die anderen betrachteten mit starren Mienen die Wände.

»Was hast du vor, Gio?« fragte mich Duda.

»Was meinst du?«

»Ich meine, diese Frau, Bruder«, ergänzte er leise.

Tato schaute mich an.

»Keine Ahnung ...« stammelte ich sinnlos.

»Verdammte Scheiße, Gio, das kannst du nicht machen.«

»Was willst du?«

»Du bist doch total übergeschnappt, Gio! So geht das nicht, so benimmt man sich nicht als Mann. Das kannst du deiner Familie und deinen Freunden nicht antun!«

Jeder hat was zu mir gesagt. Ich antwortete nicht mal richtig. Dudas Hände begannen zu zittern. »Was sagst du Tengiz?« fragte er.

»Nichts«, antwortete ich.

»Je früher er Bescheid weiß, desto besser«, so er.

»Weiß nicht«, erwiderte ich.

Sie saßen mit deprimierten Gesichtern da und belaberten mich. Aus ihrer Perspektive betrachtet, hatten sie sogar recht, für sie war Jana bloß eine Nutte. Allein Gogliko saß still, wie immer mit einem zufriedenen Gesichtsausdruck. Er hatte ja von Anfang an alles gerafft. Trotz seiner Dämlichkeit hatte er die absolut verblüffende Gabe, Dinge zu verstehen und richtig einzuordnen. Ich spürte, daß es ihm am Arsch vorbei ging, wie das alles enden würde, weil er wußte, wir bleiben trotzdem für immer zusammen. Wir alle. Bis zum Ende.

Sie gingen fort.

Beim Rausgehen blieb Duda in der Tür stehen, dann umarmte er mich.

»Giuschki, du bist wie ein verdammter Bruder für mich. Das bleibt auch so.«

Ich lachte, er hatte die Augen eines Irren. Wahrscheinlich machte er sich große Sorgen.

»Giuschki, ich habe meine Pflichten. Wenn ich das Ganze nicht in die Wege geleitet hätte ...«

»Wenn du es nicht in die Wege geleitet hättest, wäre ich jetzt nicht so glücklich.«

»Versteh mich bitte nicht falsch, aber ich muß mit Tengiz reden ... Und kann sein, daß ich mich danach umbringe ...«

Wir sind aus Tbilissi. Wir wissen Bescheid, was schlecht und was gut ist. Gut ist alles, was bei uns ist, schlecht: fern von uns. Wer schlecht ist, kann für sich leben, aber er soll uns in Ruhe lassen, sich nicht einmischen. Jeder Schritt von Tengiz Mikatadze ist von diesen Prinzipien geleitet. Ich verstehe weder diese ganze Philosophie von Tbilissi noch unser »Gutes« und »Schlechtes«. Etwas Schlechtes kann dich nicht glücklich machen, nicht beruhigen, es kann nicht schön sein.

Ich hatte keine Ahnung, was ich machen sollte, ich versuchte lediglich mein Glück zu verlängern. Nichts weiter.

Jana, Jana, Jana ...

Wenn ich was geahnt hätte, wenn ich Bescheid gewußt hätte. Oder wenn ich dich, so klein, farb- und hilflos nicht gefunden hätte! Gott sei Dank, daß wir zusammen waren. Gott sei Dank, daß du an Weihnachten auf der Treppe auf mich gewartet hast.

Jana, mein Mädchen. Ich erwartete etwas, aber nicht das.

Am Montag kam ich gegen Nachmittag nach Hause. Ich öffnete die Tür, und gleich überkam mich ein ungutes Gefühl. Im Wohnzimmer war das Licht an. Jana ließ es immer aus. Ich ging rein. Im Sessel saß Nana, ihr Pelzmantel lag auf dem Sofa. Sie saß dort und rauchte. Alles war verqualmt. Auch ich setzte mich hin. Nana machte die Zigarette aus und schaute mich an.

»Wie geht's euch?« fragte ich hilflos.

Nana legte ihre Hände ineinander.

»Duda war gestern bei uns«, sagte sie leise.

»Und?«

»Tengiz hat getobt! Er wollte sofort zu dir. Er hat mit der Pistole rumgefuchtelt ... Ich hab ihn beim Leben Iraklis beschworen ... Er hat alles kurz und klein geschlagen.«

Was hätte ich denn sagen sollen? So mußte es nach allen Regeln und Gesetzen passieren. Er mußte einfach alles verwüsten. Ich verstand und fragte nichts mehr. Man hatte Tengiz festgebunden, und Nana kam zu mir. Nana kann reden, Tengiz nur fluchen. Deshalb kam Nana zu mir. Um das Ganze ohne Blutvergießen zu beenden. Es gibt solche Frauen, die sanft und infiltrierend reden. Außerdem wußte Nana, wie Jana war. Sie widersprach nie jemandem. Ich konnte mir ganz genau ausmalen, wie das abgelaufen war. Wie Nana ihr alles schildern würde, daß Tengiz so und so ist, daß Gio ein sehr gütiges Herz hat und alle ihn liebhaben, aber er ist durcheinander, zu nichts imstande, weder zu handeln noch zu denken oder etwas zu bestimmen. Daß mein Vater mich eher umbringt, als dieser Hochzeit zuzustimmen. Jana würde wortlos aufstehen und ihre Baskenmütze in die Tasche stopfen. In diesem Augenblick würde Nana sie streicheln und sagen, daß das eigentliche Problem das Baby sei, ansonsten könnten wir noch zusammenbleiben. Weil wahrscheinlich Tengiz denkt, daß es vorbeigeht und ich sie verlasse. Jana würde die Tasche nehmen und ...

»Hast du ihr Geld gegeben?« fragte ich sie plötzlich.

Ich weiß nicht mehr, wie ich angefangen habe zu brüllen.

»Hast du ihr Geld gegeben? Hast du ihr Geld gegeben? Hast du ihr Geld gegeben?« schrie ich sie besinnungslos an.

»Hast du ihr das Geld für die Abtreibung meines Kindes gegeben? Hast du ihr dafür Geld gegeben?«

Danach kann ich mich an nichts erinnern. Ich lag auf dem Rücken auf dem Sofa. Nana ging nicht fort. Sie saß da und weinte. Nur mit Mühe konnte ich sie wegschicken.

Was für einen Sinn hatte es, Jana zu suchen? Ich könnte sie zwar leicht finden, aber es hatte trotzdem keinen Sinn. Uns ging es so gut, weil sich niemand in unsere Angelegenheiten, in unser Leben einmischte. Das Kind! Ich wußte nicht mal, was ich denken sollte. Das einzige, was ich wußte, war, daß Jana und ich nie mehr zusammen sein würden. Nie mehr so wie früher. Wir waren schlicht und einfach die Einzelgänger, auf die Welt gekommen, um in der Stille zu verweilen. Jana hätte Nanas Geld nicht angenommen, auch das Kind hätte sie nicht abgetrieben, und nach alledem würde sie nicht mehr bei mir bleiben. Sie würde mich einfach nicht belügen. Basta. Ihre tückischen Freundinnen würden sie löchern. Sie würden sie wieder überallhin mitschleppen, zu den Engelmachern ...

Jana, Jana, Jana ...

So endete das anscheinend. Aber für mich ist längst nichts zu Ende. Nichts erfreut mich außer den Gedanken an diese zwei Monate. Was für ein zauberhafter Winter es war! Fast ein Jahr ist seit dieser Zeit vergangen.

Gogliko geht immer noch mit einer zufriedenen Fratze durchs Leben. Japara ist Vater von einem Jungen geworden. Und ich besitze immer noch nichts. Ich bin allein und werde es wahrscheinlich auch bleiben, mit einer runtergebrannten Zigarette in der Hand neben dieser idiotischen japanischen Kerze sitzend.

Jana, Jana ...

Was ist von uns geblieben? Wahrscheinlich nichts.

**2.** Also gingen wir.

Wir fuhren in Richtung warmer Länder, wie Gogliko sich ausdrückte. An jenem Morgen war es in Tbilissi kalt, und unser Freund war sicher aus diesem Grund so schlecht gelaunt. Doch auch andernfalls wäre er nicht wirklich locker und gut drauf gewesen. Wir nahmen fremde Kohle über so eine weite Strecke mit und mußten fremde Ware zurückbringen. Goglikos Anteil war eigentlich nicht allzu groß, aber er war ein solcher Meister in Sachen Nörgeln und Stibitzen, daß keiner ihn am Hals haben wollte. Ich meine damit natürlich keine Deppen wie Atschiko Kipiani, im Vergleich zu dem war Gogliko ein helles Köpfchen.

Ich kann mich gut daran erinnern, wie wir damals, bei Japaras Hochzeit, gegenüber von irgendwelchen Typen am Tisch saßen. Verwandte von Japaras Frau oder so. Der eine war ein Geschäftsmann mit Vollglatze, etwa Ende Dreißig. Der andere, sein Kumpel, trug einen grünen Anzug, hatte einen Vollbart und so. Sie wollten uns beeindrucken, schmissen mit Trinkhörnern herum und flüsterten andauernd miteinander. Gogliko analysiert das Leben nur mit Hilfe von Filmen, und in der Regel tut er nichts anderes, als deren Inhalt zu erzählen. Das kommt noch aus seiner Kindheit. Aber wenn es um Gras geht oder um etwas Härteres, dann kannst du ihm nichts verheimlichen. Wie dem KGB. Zugleich ist er ständig knapp bei Kasse. Vielleicht ist er deshalb so: Ich persönlich kann mich nicht daran erinnern, daß wir je etwas mit Geld von ihm besorgt hätten. Allerdings ist er immer derjenige, der zu den Dealern fährt. Natürlich mit meinem Auto.

Also standen diese Typen plötzlich auf und gingen raus. Wir saßen seit nicht mal einer Stunde am Tisch. Sogar mir war klar, warum sie sich rausschlichen. Sie würden auf dem Klo einen Joint rauchen, zurückkommen und ihr High genießen.

Gogliko stand mit solchem Lärm auf, daß viele Gäste in unsere Richtung schauten.

»Bruder«, sagte er leise zum Glatzkopf, »ich komme mit.«

»Nein, Bruder.«

»Laß den Quatsch, Bruder!« Gogliko hatte schon den Tisch umkreist.

»Es ist zuwenig«, nuschelte der Typ im grünen Anzug.

»Komm schon, komm!« Gogliko nahm ihn am Arm, und sie gingen raus.

Nach zehn Minuten kamen sie wieder. Gogliko hatte wie immer eine zufriedene, heitere Fratze. Die anderen zwei setzten sich mit seriösem Gesichtsausdruck, wie es ihnen gebührte, an den Tisch. Es verging etwa eine halbe Stunde.

Auf einmal sagte Gogliko zu mir:

»Geh raus, und ich komm gleich nach. Ich gebe dir was zu kiffen.«

Ich wunderte mich zwar, dachte aber, daß er den anderen wohl ein wenig weggenommen hatte. Aber nein!

»Es war genug für drei Joints«, flüsterte er mir zu und öffnete unter dem Tisch seine Faust. »Ich hab es in drei Zigaretten reingemischt. Sie schafften es nicht, selbst zu drehen, Mann! Ich war echt baff. Sie hatten sogar ein spezielles Papier dabei und so. Also habe ich zwei Joints gedreht, und wir kifften. Ich konnte das Gras zweimal in der Tasche verschwinden lassen, wir haben fast puren Tabak geraucht ...«

Sie saßen da, vor Stolz aufgeblasen. Männer dieses Alters! Sechs Typen wurden an dem Abend von ihrem Zeug high, und sie haben nicht mal was davon mitbekommen.

So ist Gogliko. Er guckt samstags »Club der Reisenden« und träumt davon, einmal König der Wilden zu werden.

»Du sitzt so rum, Mann, und wirst mit allem bedient, mit den Weibern, die laufen mit Fächern rum und so.«

Er will ja nichts weiter.

»Wenn ich Geld brauche, dann verkauf ich zehn Weiber und so, man wird sie doch bestimmt kaufen, oder?«

Das ist sein größter Traum.

* * *

Noch nie fuhr ich so lustlos. Es gab Zeiten, in denen Gogliko und ich mit 140 Sachen über die Schnellstraße gerast sind. Aber jetzt war sogar das Wetter freudlos, die Fahrbahn voller Schlamm und von Autos verstopft. Wir fuhren um acht Uhr morgens los, und der Verkehr war schon wie in der Mittagszeit. Unzählige Militär- und Lastwagen, Polizei, Gwardia, und was weiß ich noch. Diese Gwardia macht mich echt wahnsinnig. Es gab vielleicht 200 Seelen von denen in Tbilissi. Keine Ahnung, von woher sich hier jetzt so viele versammelt hatten. Und was man hier nicht alles findet! Sobald sich ein Dutzend Rumtreiber an einer Straßenecke versammelt und auf die geflohene Regierung schimpft, nennen sie sich gleich »Delta« oder so was. Schon kommt ein Kommandant der Gwardia, drückt ihnen Maschinengewehre in die Hand. Damit gehören sie dann dazu, und juhuuu, der Wahnsinn geht weiter!

Kotika Aroschidze, Mitglied der ersten Mchedrioni-Einheit, als er mir irgendwo über die Septemberereignisse erzählte, meinte, er könne die Gwardia echt nicht verstehen, es sei einfach ein Haufen durcheinandergeratener Idioten, die meisten von ihnen noch grün hinter den Ohren. Aber gekämpft haben sie trotzdem, ohne Frage.

In unserem Viertel gab es einen Typen namens Sarkisow. Ein drogenabhängiger Taugenichts, ehemaliger Fußballer, dann Sportlehrer, er wurde von der Schule geschmissen, weil er immer wieder irgendwelche Weiber mitgebracht hatte. Jetzt ist er Major der Gwardia, war beim Aufstand dabei und so. Kürzlich hat er Gogliko Gras rauchen lassen.

An dem Tag haben sie mich einfach total genervt, sonst hab ich nichts gegen sie. Warum denn auch? Sie sind genauso wie die anderen. Wie ich oder Gogliko, sie sind genau gleich, aber sie stechen einfach mehr ins Auge. Was soll's, ist woanders etwa alles in Ordnung?

Bis halb zehn wurden wir viermal angehalten. Es gab überall Straßenkontrollen. Sogar die Dorfbewohner nahmen daran teil. Sie hielten uns an, als ob sie auf unsere Papiere schauten, als ob sie den Wagen durchsuchten. Sie konnten ihren Blick nicht von unserem dunkelroten, schlammbeschmierten Auto abwenden. Sogar das letzte städtische Gwardiamitglied raffte, wohin und wozu wir fuhren. Die Gespräche verliefen freundlich. Gogliko fühlte sich wie ein Fisch im Wasser. Er hielt ein Mchedrioni-Medaillon, das er von Tschetschela geliehen hatte, in der Hand. Er wickelte die Kette um seine Finger und laberte mit den unrasierten Gwardiamitgliedern. Wir gehören zu einem Kreis, leben das gleiche Leben, wir hingen zusammen an denselben Straßenecken von Wake, Wera und Saburtalo rum. Uns drohten von denen unterwegs keine Probleme, aber um sicherzugehen ... Das Geld von Kipiani, eingewickelt in einer Tüte, hatte Gogliko unter dem Sitz versteckt. Er saß und rauchte, seine schwarze Strickmütze bis zur Nase heruntergezogen – wie Jack Nicholson in *Einer flog über das Kuckucksnest.* Er hatte meine Sonnenbrille auf und murmelte ununterbrochen irgendwas. Eigentlich trägt Gogliko selten seine eigenen Klamotten. Er besitzt ja nichts außer einigen schwarzen T-Shirts und einer Samthose. Er hat ständig unsere Sachen an. Was sollen wir denn machen, er ist unser Bruder, ohne Geld und ohne Gönner. Für seine Oma bringen die Nachbarn das Brot. Sobald er betrunken ist, behauptet er voller Stolz, er sei ein städtischer Nomade. Jeden Frühling bekommt er einen großen Pickel auf der Nase, beschimpft Taxifahrer und prügelt sich mit Friseuren.

Er ist einfach so, was soll ich denn machen? Seine Liebe ist eigenartig, ohne Worte.

Es ist ausgeschlossen, daß er einen Rückzieher macht oder Angst bekommt. Wegen der Bullen von unserem Drogen-Prostitutions-Dezernat hat er schon viel durchgemacht.

In einem Dorf (an den Namen erinnere ich mich natürlich nicht) hielt uns wieder mal eine Straßenkontrolle an. Es waren zwei Typen in Uniform. Der Rest bestand aus Bauern, aufgerüstet mit Pistolen und Gewehren, in einem schrottreifen Militärwagen. Sie waren bis zu den Ohren mit Matsch verdreckt und tranken Wein. Bei ihnen war ein Priester mit Gewand. Die betrunkenen Straßenkontrolleure baten uns, ihn ins Auto zu setzen und mitzunehmen. Er würde unterwegs aussteigen. Sie gaben Gogliko den sauren Wein aus dem großen Weinfaß, noch fünf Liter Benzin und ließen uns weiterfahren. Der Priester stieg hinten ein. Er war ungefähr fünfunddreißig. Sichtlich betrunken. Er beschimpfte das georgische Volk, es habe seinen Gott vergessen. Dann merkte er, daß keiner von uns etwas vom georgischen Volk verstand. Am Ende war der Kassettenrecorder an der Reihe, erst sollten wir die Lautstärke reduzieren, dann meinte er, wir würden die Musik der Ungläubigen hören. Gogliko rauchte und schaute aus dem Fenster, ich dachte die ganze Zeit, er würde ihn gleich aus dem Auto werfen und verdreschen. Plötzlich fragte er ihn:

»Onkel, hast du die Bescheinigung dabei?«

Er: »Was für eine Bescheinigung?«

»Daß du ein Priester bist.«

Und zack! Tatsächlich legte er irgendeinen Ausweis vor.

»Steht denn in deiner Bescheinigung nicht, daß du die

Leute nicht belästigen sollst? Daß du einfach genießen sollst, daß sie dich achten?«

Ein echter Philosoph, unser Gogliko! Der Priester schwieg, wahrscheinlich befürchtete er, sein Wein könnte sich in Essig verwandeln. Er war ein phantastischer Priester! Als wir uns einer Kreuzung näherten, sagte er zu mir:

»Bruder, du mußt hier abbiegen; falls es regnet oder gar schneit, wird die halbe Stunde Fußmarsch von hier aus zu einer Qual für mich.«

»Halt an!« brüllte Gogliko plötzlich, und ohne sich umzudrehen, meinte er zu ihm, er solle zusammen mit seinem Ausweis aus dem Auto verschwinden. Was hätte er denn machen sollen? Also stieg er aus. Gogliko begann ihn zu beschimpfen. Nur mit Mühe schaffte ich es, ihn zu beruhigen.

Es ist genau so, wie der Priester gesagt hat: Wir haben Gott vergessen und basta.

Eigentlich denke ich, daß dieser Priester einiges wußte, obwohl er wahrscheinlich gar kein Priester war. Er war wie der Typ aus der Projektabteilung, der die Zeichnungen für meine Diplomarbeit anfertigte. Jedesmal, wenn ich ihn besuchte, fing er an, über die Herkunft der Abchasier, über König Erekle und Erdölproduktion zu reden. Er war ein nervöser Typ, ständig beschimpfte er jemanden.

So sah unsere Fahrt aus.

Als wir die Grenze nach Aserbaidschan überquert und die großen Kontrollen passiert hatten, begann Gogliko zu singen:

»Wir erinnern uns
An den toten Rustaweli
Und an Jakob Tsurtaweli
Mit kaputten Venen …

Wir sind heute mit dem linken Fuß aufgestanden, was, Gio? Keine Bullen weit und breit. Wir haben den gleichen Weg wie

Swiad Gamsachurdia genommen. Ich bring dich so rasch zurück, daß du nicht mal was mitbekommst. Sobald wir die Ware haben, fahren wir gleich heim. Wie du weißt, müssen wir heute nacht schon zu Hause sein.«

Wir hatten zwei Passierscheine. Einer war echt, von Lantschawa unterschrieben, ich hatte ihn von meinem Vater bekommen. Gogliko hatte sein Mchedrioni-Medaillon mit »J« darauf und so einen Kram. Alles lief wie geschmiert. Wir waren schlicht und einfach Insider.

»Weißt du, wo wir hinmüssen?« fragte ich.

»Kirowabad, Achmedowstraße«, antwortete er stolz.

»Gandscha heißt das jetzt«, korrigierte ich ihn.

»Egal, scheiß drauf«, und dann fügte er gleich hinzu: »Wenn ich sie über den Tisch ziehe, na? Schaffst du es abzuhauen?«

»Laß das ...« Ich konnte mir das Lachen nicht verkneifen.

»Wenn es unser Geld wäre, würde ich sie hundertpro reinlegen. Aber mit dem fremden Geld, was soll ich machen, wenn es schiefgeht? Dann meinen Atschiko und Dauscha bestimmt, daß ich eine Kugel in den Kopf verdiene.«

»Wie heißt er?«

»Wer?«

»Der Dealer.«

»Mizana.«

»Wie, ist er Georgier?«

»Keine Ahnung, Kipiani sagte, Mizana sei Tatare, aber was weiß ich. In Tauz gab es einen Dealer namens Tsereteli, der war Schuldirektor. Weißt du, was für Tee dieser Teufelskerl immer kochte? Aber eigentlich war er ein richtiger Gauner, genauso wie seine Frau. Am Ende hab ich ihnen 400 Rubel geklaut und bin abgehauen. Ich habe sie vor zwei Jahren echt gut ausgeplündert.«

Er steckt voller Geschichten.

»›Mein Gras elektrisiert dich mehr als Goelro‹, sagte er dazu. Was ist eigentlich Goelro?«

»Woher soll ich das wissen?«

»Er hat es immer so gesagt, ›mehr als Goelro‹. Wahrscheinlich ist es irgendein Ort.«

»Ja, vielleicht. Oder ein Fünfjahresplan?«

»Hey, hör mal, Bruder, im Sommer fahre ich nach Stalinobad, kommst du mit?«

»Wo ist das?«

»Keine Ahnung. Am Kaspischen Meer. Man sagt, alles ist unglaublich billig, aber es ist weit.«

»Laß uns nach Leningrad fahren.«

»Aber nur wir zwei, Mann. Ohne zuviel Lärm, ganz gemütlich, nicht wahr?«

So sah unsere Fahrt aus.

Auf dem schlammigen tatarischen Weg, im tatarischen Gestank, als ob nichts wäre. Trotzdem hatte ich ein ungutes Gefühl, alles lief zu glatt ab.

»Du mußt einen Dealer terrorisieren. Am besten ist es, wenn er dich für einen Killer oder einen Bullen hält.«

Er sagte eigentlich nichts Neues.

Er freute sich. Gogliko war für diese Sache geboren.

Hinter der Roten Brücke ist die Luft noch stinkender, dafür ist es dort ruhiger. Nach der Roten Brücke fängt das schiefe Land an. Ich habe in Aserbaidschan nie etwas Gerades gesehen, keine gerade Straße, keine gerade Wand, keine gerade Straßenbeleuchtung. Es ist betrunken, lustig, dreckig, berauschend, aber zugleich irgendwie anziehend. Einige sehen den Grund für diese Anziehung darin, daß dort alles zu kriegen ist. Aber nein, hier ist etwas in der Luft, auf tatarische Art sinnlos und durch diese Sinnlosigkeit befreiend. Nach Goglikos Meinung kommt es daher, daß alle georgischen Wachposten hinter uns geblieben sind. Außerdem sei Gandscha eine Stadt, im Unterschied zu Belakan. Keine Ahnung. Zum Teufel mit Gandscha. ... Aber jetzt waren wir in Gandscha.

Die dunkelhäutigen Tataren, die widerliche Winterkälte, weder Schnee noch ernsthafter Frost, nur Wind, widerlicher Wind. Die im Vergleich zu Tbilissi billigeren Zigaretten, häßliche, abgewetzte Anzüge und überall Dreck. Autos mit Chromstoßstangen und Samtsitzen. Für mich sieht Gandscha im Winter so aus.

Die Menschen sind in den Wohnungen eingeschlossen, die Stadt ist voll mit Chruschtschow-Plattenbauten und irgendwelchen Klötzen. Ein richtiger Hühnerstall. Früher lebte hier ein armenischer Dealer, Tigrana, später wurde er von den Tataren umgebracht. Sonst kenne ich keinen Blumen- oder Pillenverkäufer in dieser zerfallenen und stinkigen Stadt.

Gogliko war nervös, suchte die Straße, obwohl er angeblich schon hundertmal dort gewesen war. Wie konnte er hier etwas finden? Seine Erinnerungen waren genauso verschwommen und schief wie alles hier. Nüchtern fuhr er kein einziges Mal aus dieser Stadt weg. Im wesentlichen erinnerte er sich an das grüne Tor bei Elmira, an einen Lada, der immer an der Straßenecke geparkt war. Und ähnliche Bildfetzen. Er hat während der Schulzeit in einem Formular anstatt der gefragten Adresse »Drittes Stockwerk« eingetragen. Wie könnte er sich die Achmedowstraße merken?

Weiß Gott, wie wir die Achmedowstraße finden, das Häuschen, wo wir rufen sollen, damit ein kleiner Tatare rauskommt, mit deformierten Ohren und viel Akne im Gesicht! Er muß uns in den Hof hereinbitten und versuchen, uns über den Tisch zu ziehen. Dann muß Gogliko ihm entweder die Waage wegnehmen oder ihn in Angst und Schrecken versetzen und so ein Blödsinn.

Keine Ahnung.

Gott weiß, wie diese Welt funktioniert. Wer zu wem geht, wer wen braucht. Wie es dazu kam, daß so viele Menschen mit ihren Wünschen und Angelegenheiten sich aneinandergehängt und verkettet haben.

»Wo ist die Achmedowstraße?« bellte Gogliko in gebrochenem Russisch aus dem Fenster des schlammbeschmierten Lada.

»Nach rechts. Nach links. Über die Brücke, über die Straße Kurbanov – dort ist Polizei ...«

»Scheiße.« Gogliko war beunruhigt. Noch größere Bastarde als tatarische Bullen sind nur die georgischen Bullen.

Schließlich sagte jemand zu uns:

»Anderes Ende. Dörfchen. Dort fragst du, und man sagt dir genau.«

Wir fuhren weiter. Ich war hungrig und wußte nicht, was tun. Ich war hungrig und durstig. Scheiß auf Respekt und Freundschaft. Auf Kipianis Respekt und seine Freundschaft. Ich verstehe nicht, wieso wir einander so etwas antun.

Irgendwann kamen wir an.

Gogliko wußte anscheinend noch was – das Tor wäre aus Holz, und darauf stünde mit weißer Farbe eine Fünf.

»Ist leicht zu finden, Mann, du wirst noch sehen.«

Gogliko stieg aus. Mit gravitätischen, gangsterähnlichen Tbilisser Schritten ging er zum Tor und quietschte laut:

»Mizan!«

Niemand kam raus. Nicht mal eine Antwort kam zurück.

»Mizan!« wiederholte Gogliko und zündete eine Zigarette an.

Auch ich stieg aus dem Wagen und näherte mich dem Tor. Es war ein dreckiger Hof, Hühner spazierten stolz hin und her, das Haus: ein Schrotthaufen mit nur einem Fenster und so.

Mit der tatarischen Wäsche. Ehrlich, so einen Saustall hab ich nur selten gesehen.

»Er hat bestimmt eine Menge Gold unter dem Baum vergraben«, sagte Gogliko und schrie wieder:

»Mizan!«

Die Tür ging auf, und eine völlig verkrümmte alte Frau schleppte sich heraus, in dreckige Schals gehüllt. Pechschwarz, mit unzähligen Falten. Eine echte Sultanine.

Zuerst betrachtete sie uns von weitem, dann lahmte sie zum Tor und begutachtete uns auf dem Zaun hängend.

»Mizan, Mizan«, johlte Gogliko.

Die Alte gab uns irgendein Handzeichen, dann drehte sie sich um und schleppte sich wieder Richtung Haus.

»Sie geht weg.« Gogliko war verzweifelt.

»Wohl nicht sehr weit«, ermutigte ich Gogliko und schaute mich um. Solch einen menschenleeren, stinkenden und farblosen Ort hatte ich noch nie gesehen. Das Auto sah aus wie ein in einen Misthaufen gefallener Brillant, wie Gogliko bemerkte.

In der Haustür erschien eine fette Tatarenfrau im bunten Bademantel. Ihre Augen waren in ihrem roten Gesicht kaum zu sehen. Wahrscheinlich hatte sie es die ganze Zeit über den Holzofen gehalten.

»Wer steigt mit der ins Bett, gottverflucht«, murmelte Gogliko.

»Mizana macht es.«

»Abgefuckt! Wie macht der so was?«

Die Frau riß das Tor auf und stellte sich wie ein Gwardiamitglied breitbeinig davor. Sie hatte große, matschige Schuhe an und schien sehr verärgert zu sein. Im Gegensatz zu den Dealern, die immer ängstlich und vorsichtig sind, sind ihre Frauen zehnfach so frech und unausstehlich.

»Was willst du?«

»Ist Mizana zu Hause?«

»Nein.«

»Er hat uns aber herbestellt«, sagte Gogliko.

»Nein.«

»Kommt er bald zurück?«

»Nein.«

»Wo ist er hin?« fragte nun ich.

»Was willst du?«

Und Gogliko fing an. Ich weiß nicht, wie solche Dinge geklärt werden. Wie man jemanden überreden und überzeugen kann; was mußte man dieser dämlichen Tatarenfrau sagen, die uns nicht kannte, nicht vertraute und nicht mal wußte, ob die Erde rund ist und ob sie sich dreht oder doch nicht. Und was weiß ich, solcher Kram.

Sie redeten eine Viertelstunde lang. Die Tatarenfrau mit ihrem roten Bademantel und dem roten Gesicht begann so zu kichern, daß mir gleich schlecht wurde.

Gogliko setzte sich ins Auto.

»Wir sind im Arsch«, sagte er, »hier kann man nichts mehr holen.«

»Was sollen wir machen?«

»Hier ist nichts mehr zu holen. Es gibt ein Dorf, Atakendi, eine Stunde Fahrt von hier entfernt. Dieser Bastard ist ihr Ehemann. Dort kann man was besorgen. Er soll um diese Zeit auf dem Markt sein, falls wir ihn erwischen, sollen wir ihn mitnehmen, damit er uns das Zeug gleich gibt. Er ist auf dem Markt, im Teehaus, am Abend fährt er dahin. Sie haben dort Kühe. In der Stadt darf man keine Kühe halten. Zum Teufel mit ihren Kühen. Hast du gesehen, was er uns zugemutet hat? Ich werde seine schwarze Galle aussaugen, dieser stinkende …«

Ich drehte mich um.

»Wir müssen Benzin organisieren, Gogliko, sonst bleiben wir stehen.«

»Erst zum Markt, Bruder, erst zum Markt, sonst verpassen wir diesen Mistkerl ...«

»Hast du eine Ahnung, wo der Markt ist?«

»Klar doch, ich hab dort Wassermelonen gekauft, Waltera und ich haben mal Wassermelonen geholt.«

Auf dem Markt war außer Schafen und getrockneten Früchten nichts zu finden. Gogliko ging in drei Teehäuser und kam jedesmal grüner und saurer raus.

»Er ist schon weg.«

Wir starteten das Auto. Solange ich diesen Wagen habe, wird mir keine Ruhe gegönnt. Bis sie ihn nicht zerbeult, gefressen, demoliert und zu Schrott gefahren haben, lassen sie mich nicht in Frieden. Er brüllte bereits wie ein verwundeter Bär. Auch Tengiz' Benzin war nicht von der besten Sorte. Ein Lada ist leicht zu pflegen, du tankst und fährst los. Er verbraucht zwar sehr viel und qualmt wie bescheuert, aber so ist eben ein Lada.

Ich kann das Auto doch nicht verschwinden lassen. Aber Chauffeur wollte ich nie werden ... Mann, Gogliko, Gogliko, du altes Haus, du nervöser Depp. Du hast ja keine Ahnung, daß ich dich in Gedanken die ganze Zeit beschimpfe.

»Giusch, Giusch ...«

»Was ist?«

»Dieser Kipiani ist ein Idiot, nicht mal den Namen wußte er richtig.«

»Was denn?«

»Nicht Mizana heißt der Typ, sondern Nizama. Ich hab mich vor seiner Frau total blamiert, der Teufel soll sie holen.«

Ich lachte. Ich wußte ganz sicher, daß Kipiani Nizama gesagt hatte, aber ich hatte keine Chance, Gogliko davon zu überzeugen. Er kann ja nicht zuhören und so.

»Nachts können wir nicht fahren, Mann, es gibt eine Ausgangssperre oder so eine extra Kacke.«

»Warum?«

»Es ist Krieg oder so, Karabach, was weiß ich, zum Teufel mit ihnen. Also, wir bleiben bei Nizama. Ich werde diesem Arschloch seine Kuhmilch raussaugen, raffst du, was er uns angetan hat?«

Wir kauften ein riesiges Brot, tranken Wasser aus einem dreckigen Brunnen und schlugen uns die Bäuche voll. Wir hatten keine Zeit für Fleischspieße und solchen Kram. Außerdem war ich vom vielen Fahren einfach ausgelaugt, aber Gogliko wollte ich nicht ans Steuer lassen, er kann ja nichts anständig. Dazu war es ein farbloser, dunkler Tag, der sich früh dem Ende neigte, also begannen wir mit der Benzinsuche. Kipiani meinte zwar, Benzin gäbe es hier problemlos, aber die Suche gestaltete sich qualvoll. Schließlich füllte ich alles ab, was wir auftrieben, und als wir uns in Richtung Atakendi aufmachten, war es schon dunkel. Meine Beine waren vom Sitzen eingeschlafen. Wegen des Windes und dem ganzen Mist wurde mir heiß, und ich drehte durch. Ich war nervlich am Ende. Es begann letztes Jahr genau um diese Zeit. Ich schloß mich fast täglich in der Toilette ein und kotzte. Danach wurde ich nur noch nervöser. Schon beim Anblick eines Aschenbechers voller Kippen mußte ich mich übergeben, und was weiß ich. Solche Sachen halt, die man nicht mal erzählen mag.

Jana, Jana …

In der Kindheit, wenn ich Bücher las, dachte ich immer, daß solche Dinge wie Abenteuer, Erschöpfung, Elend, Nerven, die Liebe einer Frau nur ausgedacht waren. Ich war ein Kind, das schwer zu beschwindeln war. Wenn ich das Ganze jetzt betrachte, trifft einiges so verblüffend zu, daß es mich sogar wundert. Aber eins verstehe ich nicht: Denken sich die Schriftsteller diese Sachen aus, oder ist da etwas anderes im Gange?

»Ich will eine Frau«, sagte Gogliko. Ich bremste sofort.

Er ist ein geiler Bock, ein richtig geiler Bock. Eigentlich gehe ich schon längst nicht mehr zu Nutten. Wie und warum, keine Ahnung. Irgendwie zieht es mich nicht mehr da hin, außerdem denke ich ununterbrochen über verschiedene Dinge nach. Als ich mir im September in betrunkenem Zustand den Knöchel verstauchte und Nana mich mit Fachärzten umsorgte, wurde mir am Ende eine Massage verschrieben, damit die Schwellung nicht chronisch würde, oder so einen ähnlich dämlichen Fachbegriff verwendeten sie. Nana ist ein richtig schlauer Fuchs, sie brachte ein Mädchen mit, das mich massieren sollte. Mortschila war an jenem Morgen bei mir, er wollte meine Nikes ausleihen. Als er sie sah, verlor er den Verstand und begann sie direkt anzumachen. Sie war Russin, wirklich ein tolles Mädchen. Nana strahlte über das ganze Gesicht, sie dachte wohl, sie hätte mich alles vergessen lassen. Sie dachte, das sei am wichtigsten. Sie kam zehn Tage lang, aber nicht mal reden konnte ich mit ihr, ich hatte zu gar nichts Lust. Ich konnte es einfach nicht, ich bin doch kein Tier.

Nana war glücklich und dachte wahrscheinlich, daß sie mir so geschickt aus meinem Zustand rauszukommen half.

Ha ha ha ha ...

Ich komme aber nicht raus, ich will nicht, und ich kann auch nicht, auch mittels Suizid komme ich aus diesem Zustand nicht mehr heraus. Etwas Besseres habe ich nicht.

Der Weg war einfach schrecklich, außerdem war es dunkel. Wahrscheinlich stürzte uns dieser Umstand ins Unheil. Also, was heißt hier Unheil, zumindest hat alles dadurch seinen

Lauf genommen, aber ehrlich gesagt hätten wir, Gogliko und ich, noch Schlimmeres verdient.

Jetzt erzähle ich alles der Reihe nach, wie und was. Es war schon dunkel, wir hatten nicht nur ein Dorf, sondern ganze drei passiert. Überall fragten wir nach, ob wir richtig nach Atakendi fuhren.

»Richtig, richtig«, riefen sie uns zu. Dann fuhren wir an einem Dorf vorbei, verdunkelt, düster, nur an zwei, drei Stellen war Licht zu sehen. Wir konnten nicht mal nachfragen, welches Dorf es war. Dann gabelte sich die Straße, wir hielten an und sahen zum Glück einen Tataren. Auch ihn fragten wir. Er meinte, wenn wir links führen, würden wir in einer halben Stunde da sein, rechts bräuchten wir nur zwanzig Minuten. Natürlich wollten wir den kürzeren Weg nehmen. Die Straße war grauenhaft, Schlamm, Matsch, es war nicht mal eine Straße, sondern ein Feldweg, außerdem war es stockdunkel. Nachdem wir gute vierzig Minuten gefahren waren und trotzdem nicht feststellen konnten, wo wir uns befanden, drehten wir um und fuhren zurück. Zurück – dachte ich.

Ich hatte die Scheinwerfer an, aber anscheinend hab ich was verpaßt, weil ich todmüde war und noch dazu außer mir vor Wut. Wir fuhren weiter, mindestens eine Stunde. Trotzdem fand ich unsere Gabelung nicht. Erst jetzt verstehe ich, daß wir in die ganz andere Richtung gefahren sind.

»Er wird schon eingeschlafen sein, dieser Bastard, sie sind ja wie Hühner«, machte Gogliko sich Sorgen.

Ich wäre beinahe ausgeflippt. Ich fuhr schon ohne Sinn und Verstand. Unterwegs hielt ich an und schaute mich um, wir kundschafteten die Gegend aus, wieder nach unserer Auffassung der Dinge. Denn viel konnte man ja nicht sehen, Wald, Hügel, Schlamm, und was weiß ich. Auch die Dörfer waren nicht mehr zu sehen, rein gar nichts. Ich fuhr gerade noch

20 km/h. Dieses Atakendi war mir auch komisch in den Gedanken verhaftet, ich stellte mir vor, wie wir in ein Haus reingehen, wie ein Zwerg herauskommt und wie ich mich einfach zum Schlafen hinwerfe. Ich wollte sonst nichts mehr.

Als wir eine lange Weile im Schneckentempo gefahren und uns die Zigaretten ausgegangen waren, fühlte sich auch Gogliko endlich erschöpft:

»Laß uns schlafen und morgen weitersuchen.«

Wie sich herausstellen sollte, hatte er zum ersten und einzigen Mal in seinem Leben recht.

»Warte, vielleicht finde ich es noch«, sagte ich.

Wir fuhren noch eine Weile, der Weg verschwand fast, wir fuhren über eine Wiese oder so ein Scheiß. So was hatte ich noch nie gesehen. Ich fuhr einen großen Kreis und entschloß mich umzukehren. Keine Ahnung, wie ich überhaupt noch fahren konnte. Ich schaltete, und plötzlich schrie Gogliko:

»Auto, Mann, ein Auto!«

Ich hielt an. Ich wußte nicht, was tun. Sollte ich näher ranfahren oder abhauen? Wir hatten ja Kohle mit. Georgische Kennzeichen, Krieg, was weiß ich. Sogar die Scheinwerfer machte ich aus. Aber es war klar, daß der Wagen uns bemerkt hatte. Deshalb hatte es keinen Sinn mehr.

»Was sollen wir machen?«

»Weiß nicht.«

Es war zehn Uhr, kurz nach zehn. Nach unserem Verständnis nicht so spät. Gogliko nahm die Tüte mit Geld und stopfte sie irgendwo hinten rein.

»Gehen wir hin und fragen. Der ist bestimmt von hier.«

»Von hier? Wir haben seit zweieinhalb Stunden kein Dorf mehr gesehen.«

Es hatte keinen Sinn mehr. Der Wagen näherte sich uns. Ich machte die Scheinwerfer an. Es war ein Jeep, über und über mit Schlamm bedeckt. Ich verstand sofort, daß es kein normales Auto war, nicht das, was Gogliko dachte. Es drehte sofort um, als man uns bemerkte. Das war kein Wagen eines tatarischen Viehhändlers. Sofort ließ ich den Motor an und raste mit quietschenden Reifen los. Sie waren schon so nahe, und ich begriff, daß ich sie kaum würde abhängen können.

»Was tust du? Was tust du?« begann Gogliko zu schreien.

Ich gab sinnlos Gas. Ich ahnte und befürchtete schon einiges. Es war zu spät. Sobald ich das Lenkrad geradestellte und in den Spiegel zurückblickte, schossen sie auf uns. Es war ein Maschinengewehr. Gogliko sackte nach vorne und ich dachte, er wäre getroffen.

»Häng sie ab, diese Dreckschweine!« schrie er plötzlich, und ich fuhr wie verrückt weiter. Sie kamen näher. Auch ihr Wagen war nicht schlecht, ein richtiger Schlammwagen. Plötzlich schossen sie wieder. Wahrscheinlich wollten sie die Reifen durchlöchern, haben aber nicht getroffen. Ich weiß bis heute nicht, welcher Teufel mich geritten hat, daß ich angehalten habe. Vielleicht weil Gogliko im Wagen saß, vielleicht weil ich keine Ahnung hatte, wohin ich abhauen sollte.

»Sie bringen uns um«, sagte ich und lehnte mich zurück.

»Wir sind geliefert«, flüsterte Gogliko und zog die Mütze über die Augen herunter.

Ja, ich wußte einfach nicht, wohin ich abhauen sollte.

## 3.

Seit der Kindheit war ich mindestens hundertmal in den Händen der Milizia, aber es blieben weder Angst noch irgendwelche Spätwirkungen zurück. Manchmal geriet ich in eine Prügelei, manchmal schwänzten wir die Schule, mal hatten wir ein Messer dabei, mal saßen wir auf einem Dachboden oder an einem Abhang und rauchten Zigaretten. Sie verhafteten uns, ließen uns dann wieder laufen. Mein Vater kam kein einziges Mal persönlich vorbei, um mich, Gogliko oder die anderen rauszuholen, jedesmal hat irgendein Typ den Miliziachef angerufen, und man ließ uns wortlos und widerwillig frei.

Mittels Rumgeballere wurde ich noch nie festgenommen. Ich hatte es auch nie provoziert.

Der Wagen war höchstwahrscheinlich durchlöchert, obwohl die Heckscheibe in Ordnung zu sein schien. Wir saßen da und warteten. Mal dachte ich, sie wären Banditen, mal hielt ich sie für Milizia. Was ich sicher wußte, war, daß wir weder den Nizam aus Atakendi sehen, noch Atschiko Kipiani erfreuen würden. Weder heute noch morgen.

Der Wagen stoppte in unserer Nähe. Die Scheinwerfer richteten sich auf uns, und aus der hinteren Tür erschien erst eine mit Gewehr bewaffnete Hand, dann folgte ein in eine dämliche Pelzjacke gehüllter Kerl.

Auch aus dem Heck stiegen irgendwelche Typen aus, ebenfalls mit Maschinenpistolen.

»Nehmt die Hände nach oben und kommt raus!« rief einer auf russisch.

Wir stiegen aus.

»Was wollt ihr?« rief Gogliko zurück.

Ohne zu antworten, fingen sie gleich an, uns zu durchsuchen. Zwei befaßten sich mit uns, der Dritte steckte den Kopf ins Auto. Sie leerten meine Taschen aus: Papiere, Taschentuch, Hausschlüssel, das grüne Tuch von Jana, noch andere Habseligkeiten. Bei Gogliko konnten sie nicht mal ein Streichholz finden. Sie fragten mich, wer er wäre. Lediglich den Führerschein nahmen sie mit, der Rest wurde mir zurückgegeben. Außerdem holten sie die Benzinkanister raus, schüttelten sie, und sofort verschwanden sie in ihrem Wagen.

»Was wollt ihr?« fragte ich.

»Was willst du? Daß du Georgier bist, sagt ja nicht viel aus«, antworteten sie. Ich verstand nicht, was sie vorhatten. »Laßt uns laufen«, sagte ich.

»Wir wollen erst feststellen, wer ihr seid und wozu ihr hier rumschleicht.« Darauf reagierte Gogliko ziemlich heftig, so nach dem Motto: Was geht euch das an etc. Der im Pelzmantel erwiderte, das ginge in erster Linie ihn was an. Wahrscheinlich war er der Anführer, was weiß ich. Alles würde nach den Gesetzen ablaufen, nach den Gesetzen des Kriegsrechts allerdings. »Was wollt ihr auf unserem Territorium, was fahrt ihr während der Ausgangssperre rum?«

»Wir suchen Atakendi, dort lebt unser Armeekumpel, und wir wollten ihn besuchen, wir haben nur uns verfahren«, plapperte ich.

Sie bekamen einen solchen Lachanfall, daß sie beinahe geplatzt wären. »Fahrt ihr nach Atakendi oder bereits zurück?« fragte dieser Anführer.

Dann besprachen sie etwas auf aserbaidschanisch. Der unrasierte Anführer drehte sich zu uns um und meinte, er würde über uns Bericht erstatten, uns an seine Vorgesetzten abliefern, und dann dürften wir machen, was wir wollten. »Keine Ahnung, warum ihr hier rumschleicht, wer euch geschickt hat und was ihr hier anstellt.«

»Wer soll uns geschickt haben, fick dich doch«, beschimpfte ihn Gogliko auf georgisch. Da rief derjenige, der in unserem Auto verschwunden war, seinen Kollegen etwas zu. Nun war auch Atschiko Kipiani im Arsch. Unsere Tüte wurde aufgemacht, das Geld ausgepackt, gezählt, dann wieder eingepackt, und die Tüte verschwand in der Tasche des Anführers.

»Ich verstehe«, sagte er mit einem mitleidvollen Lächeln, »aber ich muß euch mitnehmen. Hier ist Krieg. Das, wonach ihr sucht, gibt's hier nicht.«

Er schien ganz schön durchtrieben zu sein.

»Er will Geld«, meinte Gogliko zu mir.

»Ich gebe dir zweitausend«, sagte ich zum Anführer.

Er lachte.

»Du hast keine Ahnung, wo du gelandet bist«, sagte er leise. »Du hast von nichts eine Ahnung. Wenn ich allein wäre, würde ich euch laufen lassen, aber wir sind ja zu fünft.«

Ich raffte, daß es nicht nur die Durchtriebenheit war. Seiner Stimme nach zu urteilen, schien er kein korrupter, geldgieriger Bulle zu sein.

»Wo sind wir?« fragte ich.

»Berg-Karabach. Nördliches Territorium, sechs Kilometer von der Front entfernt, mein Patrouillengebiet.«

Er hatte kaum zu Ende gesprochen, als Gogliko so winselte, daß ich beinahe in die Hosen gemacht hätte. Wir waren im Arsch. Ich hatte keine Ahnung was abging, wohin sie uns brachten, was sie mit uns vorhatten.

Wir fuhren los. Dieser Anführer und noch ein anderer stiegen mit uns in unser Auto. Die Restlichen nahmen den Jeep und fuhren voraus.

Ich redete mit dem Anführer. Gogliko saß nur still da, so wie der andere Begleiter. Ich begriff, daß wir in großen Schwierigkeiten steckten. Wegen unserer Dämlichkeit waren wir in etwas geraten, worüber wir nie zuvor nachgedacht hatten. Der Anführer war in unserem Alter, aber in dieser Dunkelheit sah er wie ein Vierzigjähriger aus, mit dem Schnurrbart und so. Er war Leutnant, ehemaliger Polizist, jetzt Mitglied der aserbaidschanischen Patrouille. Ein Tatare aus Karabach, Fizul hieß er. »Ihr Georgier seid ein tolles Volk, aber ich verstehe nicht, wie ihr es mit den Armeniern aushaltet«, sagte er zu mir. Wir befanden uns bereits auf dem Territorium von Karabach, und daß es hier Krieg gab, wußte ich, aber meine Vorstellung vom Krieg war auf kleinere Schießereien vom Dach des Hotels »Tbilissi« und dem der »Iwertbank« begrenzt, von etwas anderem hatte ich null Ahnung, und das war nichts im Vergleich mit schwerer Artillerie. Ich sagte, wir seien auch Mchedrioni-Kämpfer, und zeigte ihm den dämlichen Ausweis. Der Ausweis war auf georgisch ausgestellt, und er verstand kein Wort. Ich nahm Gogliko das Medaillon ab und zeigte es ihm. »Swiad Gamsachurdia haben *wir* weggejagt« und ähnlichen Blödsinn erzählte ich. Gogliko selbst war so am Boden zerstört, daß er nichts mehr sagen konnte. Er starrte aus dem Fenster und rauchte grollend eine von deren filterlosen Zigaretten. Früher redete eigentlich immer nur er in solchen Situationen. Der Anführer fragte mich über Dschaba Iosseliani aus, den Chef der Mchedrioni, dies und das, ob an seinem durch die russischen Medien verbreiteten Mythos wirklich was dran sei. Ich antwortete, er wäre der Vater von allen georgischen Guerillas und ein leiblicher Onkel von Gogliko.

Unterwegs bekam ich es mit der Angst, daß wir ihr Kriegsgebiet durchfahren könnten, mit allen möglichen Konsequenzen. Aber er beruhigte mich, wir wären bei der Nachhut, hier gäbe es keinen Krieg. »Das einzige, was hier passieren kann«, fügte er hinzu, »ist, daß wir einen armenischen Saboteur erwischen und ihn massakrieren.« So sagte er. Ansonsten sei es hier ruhig.

An dieser Stelle will ich gleich anmerken, daß ich mir in diesem ganzen Abenteuer, oder was es auch war, nur einen einzigen Ortsnamen merken konnte – Atakendi. Und das nur, weil es bei uns in der Nähe von Rustawi ein Dorf namens Tazaqendi gibt. Auch dort leben ausschließlich Dealer, und wir, Gogliko und ich, waren natürlich ebenfalls dort. Falls ich die anderen geographischen oder was für Punkte auch immer falsch benenne, möchte ich mich gleich dafür entschuldigen.

Übrigens, an den Namen von dortigen Bewohnern kann man sich die Zunge brechen, aber im Rausch ist es toll. Mir ist vor langer Zeit folgendes passiert: Ich habe gekifft und gedankenlos die Nachrichten geschaut. Es gab einen Bericht aus Afghanistan, und sie nannten einen Stadtnamen – Masar-e Scharif. Noch dazu sprach dieser russische Idiot den Namen so eigenartig aus: »Masarischeriff, Masarischeriff« ... Es war kein Ende absehbar. In meinem Kopf sind auf einmal solche Farben explodiert, daß ich beinahe abgehoben hätte. Und dieses »Masarischeriff, Masarischeriff« drehte sich ununterbrochen in meinem Hirn.

Also, wir waren in Karabach. Dieser Fizul oder Feizul beruhigte mich zwar einigermaßen, aber diesen Tataren kann man nicht trauen: Er lächelt dich an, im Herzen beschimpft er dich, er ist freundlich zu dir, will dich eigentlich aber fressen. Er denkt eines, sagt anderes und tut drittes. Also durften wir nicht allzu beruhigt sein. Auch unser Geld steckte noch in seiner Tasche. Mein Benzin verschwand im Wagen vor uns. Er konnte mir auch meine Papiere wegnehmen, wann er wollte. In seinem Schoß lag eine nagelneue Kalaschnikow, und er hat mein Auto beschossen, als er es brauchte.

Er war ja trotz allem ein Bulle. Listig, wahrscheinlich wegen der politischen Lage höflich geworden. Er wußte, daß ein einziger Fehler in diesen turbulenten Zeiten ihn in Schwierigkeiten bringen könnte. Wenn wir Armenier wären, hätte er uns ohne zu zögern bereits den Skalp abgezogen und die kaputten Zähne von Gogliko als Halskette getragen. So, wie Gogliko in der Schule Bärenkrallen um den Hals getragen und als Haifischzähne ausgegeben hatte.

Der Weg war schrecklich, noch mieser als der, auf dem wir hergefahren waren. Mit Gräben, Buckeln und Löchern. Drei Mal passierten wir einen Kontrollpunkt. Überall ließ man uns problemlos weiterfahren. Dann kamen wir über Autos ins Gespräch. Gegen uns Georgier sind sie geradezu Fanatiker. Der Anführer erzählte uns, er besitze einen gelben Wolga, vorne hätte er einen riesigen Suchscheinwerfer befestigt und so einen Quatsch. Wir bogen bald auf eine richtige Straße ein, aber die war auch nicht so besonders. Fast genauso viele Schlaglöcher wie Feldwege und so. Ich schaute einmal zu Gogliko. Er schlief, genau wie der zweite Tatare.

»Sag mal, was willst du eigentlich?« fragte ich.

»Anscheinend seid ihr reich. Schauen wir mal, was der Chef sagt und so.«

»Nimm das Geld und laß uns laufen, wir drehen direkt um und fahren zurück«, meinte ich. Kipiani und die anderen gingen mir schon am Arsch vorbei. Auch Gogliko. Aber ich merkte, daß die ganze Sache nicht so einfach ablaufen würde. Ich spürte es. Dieser Tatare konnte mich nicht täuschen.

Mehr haben wir nicht geredet.

Es war so gegen zwölf Uhr, wenn nicht gar später, als wir an einem großen Kontrollpunkt ankamen. Ungefähr zwanzig Personen befanden sich dort, aufgerüstet mit einem Mannschaftswagen und einem abgewrackten Sowjetpanzer. Fizul stieg aus und redete mit den Leuten. Wir blieben einige Zeit dort, es schien, als läge ein Dorf hinter der Sperre. Anschließend zogen wir weiter.

Ich sah ein Schild auf dem Weg, aber der russische Teil war bereits getilgt, daher konnte ich kaum lesen, was da stand, obwohl die aserbaidschanischen Buchstaben den russischen ähneln. »Kizil bazar«, »mizil bazar«, weiß der Teufel was noch.

Also fuhren wir in ein aserbaidschanisches Dorf oder eine Stadt. Das kann man bei denen nicht unterscheiden. Einige Dörfer sind so groß, daß sie einer Stadt ähneln. In einem Haus leben manchmal bis zu zweihundert Personen.

Der Schlamm war allgegenwärtig. Überall standen zwei- und dreistöckige typisch sozialistische Gebäude. Alles grau. Vielleicht nur wegen der Nacht, keine Ahnung. Bei Tageslicht konnte ich diese Sehenswürdigkeiten leider nicht betrachten. Wir hielten vor etwas Riesigem und Monströsem. Bestimmt war es früher die Residenz der Sowjets oder so was. Jedenfalls das größte Gebäude weit und breit.

Ich weckte Gogliko, und wir stiegen aus. Jetzt setzte man alles perfekt in Szene, Fizul und ein anderer Tatare stellten sich gemeinsam vor und die restlichen hinter uns.

Sie brachten uns mit großem Tamtam in jenes Gebäude, vor dem zwei gepanzerte Mannschaftswagen und eine Menge schwerbewaffnete Menschen standen.

»Sind wir bei den Bullen?« fragte mich Gogliko und gähnte.

»Wir sind auf einem Militärstützpunkt in Karabach ...«

»Scheiße ... was machen wir jetzt?«

»Ich habe mit ihnen geredet, sie wollen unsere Kohle, aber wir müssen erst mit dem Boß sprechen.«

»Scheiße ... Sie werden uns ausrauben, das letzte Hemd wegnehmen. Dieses Arschloch Kipiani. Dieser Scheißkerl ... Hurensohn ... Wo hat er uns bloß hingeschickt?«

»Ich habe ihnen weisgemacht, wir wären auch Guerilla-Kämpfer.«

»Okay. Klar, Mchedrioni und so ... Hat er deinen Führerschein weggenommen?«

»Nein.«

Wir gingen in den ersten Stock. Man führte uns in einen großen Warteraum. Dort saßen drei Tataren um einen Tisch, auf dem riesige Maschinenpistolen und Dominosteine lagen. Einer unserer Wächter setzte sich zu ihnen, und sie begannen zu spielen. Etwa eine halbe Stunde lang saßen wir so da, ohne daß jemand uns angesehen oder mit uns gesprochen hätte.

Auch Fizul saß dösend in der Nähe.

Auf einmal ging die Tür des Büros auf, und irgendwelche bärtigen und ungepflegten Fizuls kamen raus. Mit Maschinenpistolen, Patronengürteln, einer hatte sogar ein Maschinengewehr auf der Schulter. Fizul stand auf, umarmte jeden, eine Weile kicherten sie zusammen, dann gingen sie weg, und Fizul betrat das Büro.

Nach einiger Zeit öffnete sich die lederbespannte Tür wieder, und ein älterer Herr kam raus. Über der Uniform trug er einen Pelzmantel, und er hatte so heimtückische Augen, daß er eine Reinkarnation von Schah Abbas zu sein schien, wie aus einem Film entsprungen. Sogar der Bart ... Beinahe hätte ich einen Lachanfall bekommen. Alle sprangen wie auf Kommando auf. Die Dominosteine auf dem Tisch wurden umgeschmissen. Er war ihr Chef. Mit einer großen Fellmütze und einem beträchtlichen Bierbauch.

Wir standen nicht auf, scheiß auf ihn.

Er schaute auf uns herab und sagte etwas zu Fizul. Dann starrte er Gogliko an und stemmte die Arme in die Seite.

»Sperrt die beiden in eine Zelle, wir reden morgen!« Er sagte das so boshaft, daß ich gleich begriff, was hier los war.

Er wollte uns zappeln lassen. Außerdem hatte er unseretwegen Russisch gesprochen, damit wir rafften, was und wie er es haben wollte. In Kürze, er hatte uns auf seinen Plan hingewiesen: Ich weiß, wer ihr seid, jetzt zeige ich euch, wer ich bin.

»Fick deinen Vater«, murmelte Gogliko.

»Ich bin ein Offizier der georgischen Gwardia«, sagte ich auf russisch, »wir wollten unseren Kumpel besuchen und haben uns verfahren. Schickt doch einen Eilbrief nach Tbilissi, direkt an den Chef der Nationalgarde, Tengiz Kitowani. Er wird bestätigen, wer wir sind.«

»Gib mir den Autoschlüssel!« befahl er.

Was hätte ich denn machen sollen, ich gab ihm den Schlüssel, welcher in seiner Tasche verschwand.

»Fick deine Hurenmutter!« murmelte Gogliko wieder auf georgisch.

»Wir reden morgen früh«, wiederholte er und ging raus.

Sie trieben uns wie Vieh vor sich her. Fizul voraus. Ohne ein Wort zu sagen, er redete nicht mit uns.

»An allem ist dieser Mistkerl schuld, fick dich!« brüllte Gogliko plötzlich und holte zu dem in Tbilissi berühmten Fußtritt aus. Er trat unserem Fizul mit solcher Wucht gegen die Wirbelsäule, daß der die Treppe runterfiel.

Aber nicht er allein. Wir folgten ihm, denke ich, denn sofort bekam ich einen so heftigen Schlag auf den Hinterkopf, daß ich das Bewußtsein verlor. Diese Schweine schlugen mit Gewehrkolben auf uns ein. Als ich zu mir kam, trat man uns mit Füßen in den Bauch und ins Gesicht. Dieser bekloppte Gogliko ließ die Tataren uns verprügeln. Er ist ein Geisteskranker, ein richtiger Psychopath. Ich konnte kaum aufstehen, alles tat mir weh. Seine Visage war voll Blut, zertrümmert. Ich hatte im Gesicht nichts abbekommen, sie hatten mich wohl geschont. Aber der arme Gogliko war wie ausradiert. Auch Fizuls Nase war gebrochen. Ich bedeckte Goglikos Gesicht mit einem Stofftaschentuch. Er wirkte abwesend. »Fick sie, fick sie«, wiederholte er immer wieder. Er konnte sich kaum auf den Beinen halten. Der Bauch tat mir weh, die Rippen und eigentlich auch der Rest. Von einer Minute zur anderen fühlte ich mich todmüde, ich wollte mich nur irgendwo hinwerfen und schlafen. Den ganzen Tag am Steuer. Ich bin ein richtiger Esel.

Sie brachten uns in den Keller. Besser gesagt, es war kein Keller, sondern eher ein Lagerraum, zu einem Knast umgebaut. Es gab aber nur eine Zelle für Gefangene, wie ich später erfahren durfte. Die anderen Zellen wurden von den Kämpfern und den Fahrern zum Schlafen genutzt. Außerdem hatten sie hier wahrscheinlich auch ein Waffenlager, aber in einer Nacht konnte ich nicht mehr herausfinden. Der Gestank war echt gräßlich. Aber mir tat alles so weh, daß ich sowieso kaum atmen konnte, deshalb fühlte ich mich dadurch nicht sonderlich gestört. Man schloß eine Tür auf und warf uns rein.

Ich sah eine flackernde Petroleumlampe sowie jemanden, der in der Nähe auf dem Boden lag. Die Tür wurde hinter uns geschlossen. Gogliko blieb auf der Stelle hocken und begann zu schimpfen. Er machte das immer, wenn ihn etwas schmerzte. Er schimpfte. Zum Weinen konnte man ihn nie bringen, egal mit welchen Methoden. Sogar als Kind hab ich ihn nie weinen gesehen. Wenn er nichts machen konnte, begann er zu fluchen. Wie oft habe *ich* geweint ...

Der in der Ecke liegende Typ setzte sich auf, rieb sich die Augen und starrte uns an. Er musterte uns eine Zeitlang in diesem Halbdunkel. Er hatte kurze, wulstige Finger, trug einen Bart und war in eine dunkelblaue Jacke gehüllt.

»Bist du Armenier?« fragte er mich schließlich, und ich lachte so heftig, daß ich mich vor Schmerzen gleich krümmen mußte.

»Georgier?« fragte er mich nun ein wenig verdutzt und stand auf.

Er war viereckig wie ein Koffer und eigentlich auch nicht viel größer als ein Koffer.

»Ja«, antwortete ich.

Er streckte mir die Hand entgegen. Ich schüttelte sie. Sie war wie die Tatze eines Bären. Nichts außer Muskeln.

Natürlich hieß er Rafik. Natürlich hatte er eine große Nase. Natürlich war er Armenier, und natürlich nannte er mich auf russisch *Brat'*, also Bruder.

Er zauberte aus seiner Tasche eine zerknitterte Zigarette hervor, ich fand ein Feuerzeug, und wir hockten uns zusammen. Russisch konnte er sehr gut, aber mit armenischem Akzent.

Wir unterhielten uns, jeder erzählte dem anderen seine Geschichte. Vor allem beschimpften wir die Tataren. Verglichen mit ihm waren unsere Aussichten gar nicht so schlecht.

»Da sie mich nicht zum Reden bringen konnten, werden sie mich erschießen oder nach Agapi oder in ein anderes Gefängnis schicken.« Er sprach über die Erschießung so ruhig, als läse er das Telefonbuch vor. Gogliko schaute ihn aus seiner Ecke ganz kurz an, dann murmelte er: »Ich bringe ihn um, den verfluchten Hurensohn. Deinen Tataren. Dann sollen sie mit mir machen, was sie wollen.«

Rafik war ein Spion. Erst heute morgen war er in die Stadt eingeschlichen und durch Zufall entdeckt worden. Er sprach fließend Aserbaidschanisch, war ja selbst aus Karabach, aber von weiter südlich. Er hat sogar das Dorf genannt, aber ich habe es vergessen. Er war ein professioneller Guerilla-Kämpfer mit jahrelanger Erfahrung. Er erklärte, seit dem Beginn des Karabach-Konflikts sei das sein erster Tag ohne Maschinenpistole in der Hand. Er hatte auch schon in Afghanistan gekämpft, ein As eben. Ein richtiges Tier. Er begann Geschichten zu erzählen, daß es mir eiskalt über den Rücken lief.

»Sie sollen einen Gefangenenaustausch machen, und damit ist es für dich erledigt«, sagte ich, um ihn zu beruhigen, obwohl er echt keinen Bedarf daran hatte. Ganz im Gegenteil, eigentlich beruhigte er mich.

»Wir tauschen mit den Türken keine Gefangenen aus«, sagte er mit finsterer Miene.

Er nannte die Tataren Türken. Sie töten Kinder, fügte er am Ende hinzu. Dieser Bastard Fizul hat das gleiche erzählt. Die

Armenier hätten Kinder getötet. Also tötete man auf beiden Seiten die jeweiligen Nachkommen. Aber ich wußte nicht, was dieser Krieg war. Ich wußte es einfach nicht. Rafik hatte auch ordentlich Schläge abbekommen, aber er ließ sich nichts anmerken. Keine Ahnung, ob er schlau war oder das alles aus seiner Kriegserfahrung heraus sagte. Aber er meinte, daß man von hier sehr leicht abhauen könnte. Er kannte das Gebiet wie seine Westentasche. Sie wissen nicht richtig, wie man Krieg führt, diese dämlichen Tataren, klärte er mich auf. Hier, im Hinterland, sei eine nicht allzu große Armee stationiert. Dieser Ort sei von allem weit entfernt und deshalb vernachlässigt. Aber wie man die Armenier so kennt, hatten sie diesen Punkt bereits ins Visier genommen und einiges geplant. Deshalb schlichen sich Rafik und ein anderer Spion in die Stadt ein. Der andere wurde anscheinend nicht entdeckt, und er schlich sich aus der Stadt genauso raus, wie er reingekommen war.

An solchen Stützpunkten wird die Wache immer zur gleichen Zeit gewechselt, und man kann diesen Moment sehr gut zur Flucht nutzen, sagte Rafik. Wenn wir auch abhauen müßten, würde er uns gegen Morgen in Sicherheit bringen. Wohin sollte ich aber weglaufen? Der Autoschlüssel steckte in der Tasche von jenem Oberst. Zumindest das Auto wollte ich retten. Das Geld von Kipiani war ja schon verloren.

»Laß uns abhauen«, maunzte Gogliko. Plötzlich spielte er den Rebellen.

»Wohin, du Schwachkopf, was soll ich denn Tengiz anstatt des Wagens zurückbringen? Diesen Armenier vielleicht?« schnauzte ich ihn an.

»Wurdet ihr bereits Nurejew vorgeführt?« fragte mich Rafik.

Nurejew erwies sich als jener Oberst.

»Ex-Afghanistan-Kämpfer«, sagte Rafik, »ich weiß, daß er dort Major war, ein Politkommissar.«

Rafik war problemlos in die Stadt gelangt, ohne einen einzigen Posten zu passieren. Wenn hier überhaupt eine Ordnung herrschte, dann war sie seiner Meinung nach trügerisch; denn die meisten schliefen die ganze Zeit, und wer nicht schlief, der kiffte. Er nannte Gras auf russisch »Trawka«. »Gegen vier Uhr, wenn der Schichtwechsel stattfindet, kommt hier alles so durcheinander, daß man leicht abhauen kann. Dabei könnten allerdings ein paar Leute draufgehen, und du wirst vielleicht verwundet«, sagte er.

Er redete so ausführlich und mit solcher Hingabe über den Fluchtplan, daß ich direkt verstand, wie wichtig ihm unsere Beteiligung war. Ich antwortete ihm ganz klar, ich könne Geld und ein Auto für eine halbe Million Rubel nicht an diese Arschlöcher verschenken. Ich erzählte ihm meine Guerilla-Geschichte und von Goglikos Verwandtschaft mit Dschaba. Er lachte: »Anscheinend muß ich alles allein durchziehen, erst schlafen wir ein bißchen, und dann schauen wir mal.«

Blabla halt. Ich dachte, er gibt an. Aber nichts dergleichen. Er war ein Crack, ein echter Profi.

Wir legten uns auf irgendwelche Klamotten, Armeelumpen. Als ich die Augen zumachte, erinnerte ich mich an meine Mutter. Oft, wenn ich allein war, mich hinlegte und nicht gleich einschlafen konnte, weil die Laken kratzten, geschah dasselbe. Ihr Gesicht war nicht mehr gegenwärtig, denn ich war erst vier, als sie in Saburtalo von einem Auto überfahren wurde. Ich bastelte meine Erinnerungsfetzen mit Hilfe alter Schwarzweißfotos zusammen. Aber das war nicht das Wichtigste. Mich überkam jedesmal, wenn ich an sie dachte, ein sonderbares Gefühl, denn das einzige, woran ich mich wirklich erinnerte, war mein von bläulichem Licht erhelltes

Schlafzimmer. Mutter flüsterte mir etwas zu, ich schaute auf die an den Wänden angebrachten Donald Duck und Mickey Mouse, auf die Puppen, die mein Vater aus der Schweiz mitgebracht hatte. Ich spürte ihre Finger auf meiner Stirn ... Das war's. An mehr konnte ich mich nicht erinnern. Aber das war auch genug, denn ich schlief immer ruhig und, was noch wichtiger ist, sehr schnell ein. Besonders im letzten Jahr half mir dieser Gedanke wunderbar. Als ob Mutter selbst käme, wenn es mir schlecht ging, wenn ich nicht wußte, was tun ...

Mich weckte etwas auf, was mich bis dahin nie aufgeweckt hatte, obwohl in Tbilissi im letzten Winter auch nichts anderes zu hören gewesen war.

Es wurde geschossen. Es gab ein solches Geballere, daß ich dachte, uns fällt die Decke auf den Kopf. Und das in unserer nächsten Nähe. Gogliko mit seinem Rühreigesicht saß erschrocken da. Wir wußten nicht, was tun. Plötzlich begannen sie etwas Schweres abzufeuern. Unser Keller bebte so stark, daß ich mich beinahe wie ein Maulwurf in die Erde eingegraben hätte. Verdammt! Der Teufel weiß, was man in solchen Fällen machen muß. Gogliko schien im gleichen erstarrten Zustand zu sein wie ich, aber ich erhoffte von ihm etwas mehr, er wußte ja eher Bescheid in solchen Sachen. Aber was auch immer, wir waren mitten im Krieg, und Gott weiß, was passieren wird. Also saßen wir untätig da. Ach ja, übrigens war auch die Lampe ausgegangen, und als einzige Lichtquelle blieb mein Feuerzeug. Ich machte es an, sah Goglikos verschwollenes Gesicht, dann sah ich wieder nichts.

»Wo ist er?« hörte ich Goglikos Stimme.

»Rafik, wo bist du?« Er war wie ein Hoffnungsfunke für mich. Ich kann mich nicht erinnern, mich jemals so hilflos gefühlt zu haben.

Ich hörte ein Kichern, stand auf und leuchtete mit dem

Feuerzeug. Unser Armenier hockte in der Nähe der Tür und drückte sein Ohr ans Schlüsselloch.

»Es sind unsere Leute!« Seine Stimme klang sehr fröhlich. »Aber keine Ahnung, wer und wie viele.«

Und er begann aufzuzählen, worauf und wieso wohl geschossen wurde. »Viele Menschen schießen«, stellte er letztendlich fest, und plötzlich hörte ich seine Stimme direkt an meinem Ohr.

»Also, hauen wir ab?«

Trotz dieses Tumults über uns schien es uns doch besser hierzubleiben. Das Auto, der Schlüssel und das Geld befanden sich bei ihnen.

»Ich muß ihn kaltmachen«, sagte plötzlich Gogliko.

»Laß den Quatsch!« Ich geriet wieder durcheinander.

»In solchen Situationen ist es immer besser abzuhauen«, sagte Rafik, wohl ahnend, daß wir genau darüber diskutierten. Eigentlich diskutierten Gogliko und ich nie, ich traf Entscheidungen, und falls Gogliko dagegen war, schaute er böse, und dann machte ich es so, wie er es haben wollte. Es wurde bereits über unseren Köpfen geballert.

»Die sind eine leichte Beute für mich«, hüstelte Rafik, »auch euch bring ich hier raus. Danach könnt ihr machen, was ihr wollt.«

Autoschlüssel, dieser gottverdammte Autoschlüssel!

Ich brachte es nicht übers Herz, den Wagen hier zu lassen. Wenn ich fliehen würde – wo hätte ich diesen Mistkerl-Oberst gefunden? Wie ein richtiger Vollidiot hatte ich ihm den Autoschlüssel gegeben. Ich wollte einfach nicht, daß man uns deswegen schlägt und ihn uns dann sowieso abnimmt. Die Rippen taten mir furchtbar weh.

»Rafik«, sagte ich, »lauf du! Wir bleiben hier. Sie schulden uns viel zuviel.«

»Mir schulden sie noch mehr«, sagte er leise.

Sofort ertönte Goglikos Stimme: »Dieser gottverdammte Wichser ...«

»Gut«, sagte Rafik schließlich, »ich verstehe. Wir sind Brüder.«

Was für Brüder? Er war nur ein Typ, mit dem wir zusammen in einer Zelle saßen. Aber diese Guerilla-Kämpfer sehen immer alles ein bißchen anders: tiefer und zugleich vereinfacht.

»Ihr müßt mir helfen, Brüder ...« begann er uns zu erklären.

Es wurde anscheinend bereits im Gebäude geschossen. Gogliko schimpfte weiter. Rafik lief zur Tür und fing an zu schreien:

»Ich bin verwundet. Ich bin Georgier und wurde verwundet. Hilfe! Ich bin verwundet!!!«

Ich warf mich auf den Boden, Gogliko versteckte sich neben der Tür. Die Dunkelheit half uns. Ansonsten hätten wir keine Chance gehabt. Der Tatare hätte den Gewehrlauf reingesteckt und abgedrückt. Ende der Vorstellung. Basta. Obwohl Rafik voll kampfbereit wirkte, war sein Plan richtig dumm. Er dachte, wenn er genug rumschreien und die Aufmerksamkeit auf sich lenken würde, kämen die Tataren rein, um nachzusehen. Nachdem sie die Tür aufgemacht hatten, wüßte er, was zu tun wäre, mit einer kleinen Hilfestellung von Gogliko.

Das war Unfug. Wir gingen denen allen am Arsch vorbei. Die Tataren hatten eigene Sorgen. Wer würde hier reinstürmen, nur weil ein georgischer Junkie sich den Knöchel verstaucht hatte? Auch die Frage, wer uns eigentlich hier in unserer Zelle verwundet haben könnte, blieb für mich ungelöst. So oder so, uns fiel nichts Besseres ein, also durfte er weiterbrüllen. Ich hatte echt andere Sorgen.

Was ich hier so lang und ausführlich beschreibe, dauerte

in Wirklichkeit mit Schießerei und allem Drum und Dran 20, maximal 25 Minuten.

»Hilfe! Ich bin ein Gefangener!«

Keine Ahnung, wie seine Stimme das durchhalten konnte. Es wurde jetzt direkt über uns geschossen, worauf ein sinnloses Geschrei folgte. Dazu hörte man dumpfe Schläge. Es wäre eine Lüge zu sagen, der Schußwechsel hätte sich vermindert oder gar vereinzelt. Aber mir kam es so vor, als ob man jetzt gezielter schießen würde. Überall mußte es jetzt dunkel sein. Ich befand mich also mitten im Krieg, noch dazu ohne irgendeine Waffe. Auch der verdammte Schlüssel machte mich verrückt, denn sonst könnten wir ausbrechen, uns ins Auto setzen und abhauen. Sogar mein Benzin war bei jenen Dreckskerlen gelandet. Also mußte ich hier sitzen bleiben und abwarten. Den Plan der Armenier kannte ich nicht. Ich malte mir schon aus, wie sie den Hurensohn Fizul und den Oberst, der mit seiner Fellmütze oder ähnlicher Kacke durch die Gänge stolzierte, festsetzen würden. Wie ich denen dann alles wieder wegnehmen und anschließend das Auto waschen würde, wie ich …

Gogliko würde mich erneut mit Atakendi bequasseln. Wir würden tatsächlich dort vorbeifahren, diesen beknackten Mizan-Nizam finden, die Ware einpacken und nach Hause abhauen. Das alles natürlich nur dann, wenn die Angreifer tatsächlich Armenier waren und wenn sie es schafften, die Tataren zu vernichten. Aber Tataren gab es reichlich, und sie würden sich nicht so einfach wegpusten lassen. Ich hatte keinen blassen Schimmer, was Krieg war. Es war etwas völlig anderes als der Quatsch, den ich mir immer vorgestellt hatte. Die Armenier werden siegen! Klar doch … und überhaupt: Mir ist bis heute nicht ganz klar, wer Gewinner und wer Verlierer ist in so einem Scheißkrieg. Die Russen haben die Deutschen besiegt, doch wer jetzt als Sieger dasteht, ist wohl für jeden augenscheinlich.

Unser Rafik brüllte und hämmerte ununterbrochen.

Niemand war zu sehen. Ich dachte wieder an Tbilissi.

»Wenn wir wenigstens Zigaretten hätten«, sagte Gogliko plötzlich.

Und alles drehte sich ... Laß uns abhauen, laß uns fahren, hast du getankt? Ich hab Benzin ... Der Drecksack hat eine Uzi, eine Stetschkin; einen cremeweißen Mercedes. Sie ist eine geile Braut ... dieser Hurensohn ... sie kommt nicht, nie. Laß uns nach Tskneti fahren, laß uns zu Maka gehen, laß uns Eka besuchen. Mickey Rourke spielt nur Spitzel ... Ich will nicht, Mann, ich will nicht. Wieso ist es so schwer zu verstehen! Ich scheiße auf euch alle. Alle. Alle. Alle.

Genau dann passierte es. Genau an diesem Punkt nahm die ganze Sache ihren Lauf. Jemand kam an die Tür und schrie etwas. Ich verstand nichts. Weil es Armenisch war. Rafik antwortete von innen mit seinen zerschlissenen Stimmbändern. Dann rief er mir zu, daß ich zur Seite gehen sollte. Gogliko stand bereits neben der Tür an der Wand.

Ich begriff, daß ein Armenier von außen auf das Türschloß schießen wollte, und weiß der Henker, welcher Teufel mich da geritten hat, aber ich brüllte plötzlich so laut, daß wahrscheinlich sogar der Schütze draußen einen Schrecken bekam.

»Was ist los, Gio, Bruder?« Goglikos Stimme klang ängstlich.

»Diese Dreckschweine, diese Mistkerle!« schrie ich. Jetzt denke ich, es wäre viel besser gewesen, wenn ich Atschiko Kipiani und alle andere beschimpft hätte. Ich hätte brüllen müssen: Ich scheiße auf eure gottverdammte Stadt, ihr Penner, ihr aufgeblasenen Bastarde!

Ich schrie alles das nicht. Obwohl mir nichts mehr wichtig war, weder der Wagen noch das Haus, rein gar nichts. Aber ich ließ das raus, was ich den ganzen Tag mit mir rumgeschleppt hatte. Das ganze beschissene Jahr über. Rafik schmiß mich in die Ecke und rief dem Armenier auf der anderen Seite etwas zu.

Der ballerte gegen das Schloß. Es knallte furchtbar. Von dem Krach dröhnten mir die Ohren, und ein Schauer lief mir über den Rücken. Dann wurde die Tür mit einem Tritt aufgesprengt, und das einzige, was ich erkennen konnte, war, wie Rafik jemanden umarmte. Alle lachten laut und fröhlich. Es waren insgesamt vier Typen, alle klein und bärtig. Sie trugen dieselbe Art Strickmützen wie unsere Nationalgarde.

»Was habt ihr vor?« fragte Rafik mich plötzlich.

Wir konnten einander nur mit Mühe sehen.

»Was machen wir, Gogliko?« fragte ich sinnlos. Ich Depp erwartete von ihm die Antwort.

»Sollen wir vielleicht in der Zelle sitzen bleiben und warten, bis die Arschlöcher zurückkommen, verfluchte Scheiße?« fragte er mich unerwartet zurück.

»Gehen wir«, sagte ich zu Rafik, der bereits eine Maschinenpistole in der Hand hielt.

Die Schießerei war immer noch zu hören. Es war dunkel.

»Versteckt euch hinter mir, los! Verstecken! Hinter uns!« befahl Rafik, und wir gingen raus. Sie waren Profis, richtige Profis. Die uns bereits bekannte Treppe passierten wir, ohne jemandem zu begegnen. Nur einer stand oben an der Treppe, man sagte ihm etwas, und er ließ uns durch. Ich bemerkte zwar die Toten und Verwundeten, aber ich machte keinen Versuch, genauer hinzusehen. Wieso auch? Die Armenier redeten kurz miteinander und schwärmten aus.

Wie hätte ich verstehen sollen, worum es da ging?

»Folgt mir!« sagten Rafik und einer seiner Kumpels. Wir bewegten uns Richtung Haupteingang. Draußen gab es einen großen Tumult, die Armenier versteckten sich hinter den

Autos, ballerten vereinzelt auf die Fenster. Auch von innen wurde geschossen. Das Gebäude war belagert.

Wir kauerten uns hinter einen Bus. Jemand begrüßte Rafik mit Handschlag. Sie wechselten ein paar Worte.

Plötzlich schrie jemand auf.

»Renn los! Ab in den Wagen!« brüllte Rafik.

Er sagte es so, daß ich, ohne nachzudenken, welchen Wagen er meinte, einfach gebückt losrannte. Natürlich haßte ich Tbilissi, aber in diesem Moment verschwendete ich keinen Gedanken daran, ich hatte Wichtigeres im Kopf. Ich entdeckte mein Auto hinter dem Jeep versteckt. Meinen Lada, meinen fabrikneuen Lada! Oder was davon übrig war, er war kaum wiederzuerkennen. Wahrscheinlich hatten ihn Armenier als Schutzschild benutzt und waren von oben beschossen worden. Was ich im Halbdunkel sehen konnte, war, daß der Wagen keine einzige Scheibe mehr hatte.

»Komm, komm!« schrie ein Armenier mir zu. Ich rannte noch ein Stück. Es war eiskalt, überall flogen Geschosse herum – wie in einem Alptraum. Man warf mich in den Fond eines dunklen Autos. Die Armenier liefen aus dem Gebäude raus. Wir waren entkommen. Die Sache war gelaufen, und wir hauten ab.

Plötzlich traf es mich wie ein Blitzschlag.

»Gogliko!« schrie ich. »Gogliko!«

Er war nicht da. Er war nicht da!

»Gogliko!« brüllte ich wieder.

Ich wollte aus dem Wagen springen, aber jemand hielt mich am Arm fest.

»Steig nicht aus«, sagte ein unbekannter Armenier.

»Laß mich«, schrie ich ihn an, »er ist mein Freund!«

In diesem Moment fuhr unser Wagen los.

»Gogliko!« schrie ich wieder.

**4.** Ich weiß eines, nämlich daß ich nichts weiß, ich weiß rein gar nichts auf dieser Welt. Ich weiß, daß mein Leben nichts bedeutet. Ich gehe hin und her, liege im Sessel rum, rauche Zigaretten und quatsche. Diesen Zustand nennen die im Fernsehen rumlabernden, in letzter Zeit vollbartbewachsenen Klugscheißer den monotonen Alltag oder Lebensüberdruß oder was auch immer. Gott weiß, was das sein soll. Aber bei mir hat sich etwas verhakt. Ich weiß nicht mal, ob die Geschehnisse der letzten Tage daran schuld sind oder einfach alles zusammen. In Kürze: Es geht mir gut. Dieser Gedanke und ihn laut auszusprechen scheint mich zu beängstigen, aber genau das hat sich in meinem Gehirn eingebrannt: Mir geht's gut.

Es herrscht Stille, besser gesagt, es sind leise Geräusche zu hören, die mehr beruhigen als die Stille selbst. Die Geräusche der Behaglichkeit. Ich liege auf einem altmodischen, mit weichen Stoffen bedeckten Sofa. Unter meinem Kopf ein festes buntes Kopfkissen, betrachte ich die Zimmerdecke. Ich kann mich nicht entsinnen, wann ich mich das letzte Mal so gefühlt habe oder ob es mir überhaupt jemals so ging. Jetzt, hier liegend, denke ich nach und wundere mich, daß ich niemals und nirgendwo allein war. Höchstens zu Hause, von Mitternacht bis zwölf Uhr mittags. Es wäre wahrscheinlich besser, wenn ich öfter allein gewesen wäre.

Ja, es wäre ganz sicher besser gewesen. Du setzt dich hin und denkst nach, dann verstehst und begreifst du etwas. Dann findest du Interesse an jemandem oder etwas. Denn wenn man den ganzen Tag mit den Kumpels unterwegs ist und mit ihnen zugedröhnt rumhängt, wenn man, vom sinnlosen Tag ausgelaugt, mühsam die dunklen Treppen hinaufsteigt, worüber kann man dann noch nachdenken, oder wer kann einen dann noch interessieren? So gesehen sind wir füreinander die besten Freunde und schlimmsten Feinde zugleich. Das einzige, was uns verbindet, ist die Kindheit, und sogar an die können wir uns nicht mehr richtig erinnern. Ich weiß nicht, wann wir uns je an etwas Schönes aus unserer Kindheit erinnert haben. Aber wenn ich jetzt darüber nachdenke, so hatten wir auch kaum was, das uns Spaß machte. Aber es ist trotzdem etwas aus uns geworden. In Anbetracht der Gegebenheiten keine Selbstverständlichkeit. Die Bolschewiki, oder wie sie auch hießen, kamen uns in der Schule mit verdammt idiotischen Ideen. Das Gute war, daß die Jungs und Mädchen immer noch Liebe empfanden, die Liebe zu dem, was sie miteinander verband. Das war's dann auch, denn die Lehrer ... Nein, solche idiotischen Regeln gibt es nirgendwo. Was die sich nicht alles einfallen ließen! Beispielsweise einmal, in der sechsten oder siebten Klasse, hatte man etwas Neues eingeführt, große Pause oder so. Woanders abgeguckt und einfach kopiert. Man kopierte ja alles, nur nichts richtig. Also hatte man sich ausgedacht, daß wir in der großen Pause, anstatt uns auszuruhen und in der Mensa oder auf den Toiletten zu lärmen, in den Hof gehen und Gymnastikübungen machen sollten. Echte Idioten, sag ich euch. Damals rafften wir noch nicht, daß es cooler gewesen wäre, sich zu widersetzen und so. Widerstand wäre richtig gewesen, wenn man mich fragt. Also, am Mittag mußte die ganze Schule für eine halbe Stunde in den schmutzigen Hof, um Streck- oder Drecksübungen zu machen. Wir hatten einen Sportlehrer, einen alten Knacker und Heuchler. Allein an unserer Schule unterrichteten sechs seiner Exfrauen. Nariman hieß er. Er stellte sich mitten in den Hof und fing an:

»Hoch! Runter!« usw.

Sie schmissen uns aus den Toiletten raus, also versteckten wir uns gemeinsam mit den älteren Schülern auf dem Dachboden. Damals fing die ganze Klasse an zu rauchen. Man bezweckte, uns gesünder zu machen, aber genau das Gegenteil war der Fall. Sag ich doch, sie waren richtige Schwachköpfe.

Woran soll man sich also erinnern?

Nichtsdestoweniger: Alleinsein ist wichtig. Keine Ahnung. Ich spüre, daß es wichtig ist. Du mußt doch zu dir selbst etwas sagen. Du mußt nachdenken. Es ist der erste Tag, daß ich allein bin, und ich habe keinen blassen Schimmer, was ich machen soll, aber ich fühle mich friedvoll. Und das ist das Wichtigste. Nichts stört dich beim Denken, nichts hindert dich. Das ist wahrscheinlich die Ruhe. Aber vielleicht ist das Alleinsein gar nicht notwendig, wenn ... Nein, ich will nicht. Ich will nicht, sonst fang ich wieder an, und dann will ich nichts mehr, auch nicht diese Ruhe und schöne Einsamkeit. Rein gar nichts.

Neben meinem Kopf ist ein Fenster. Nach dem Aufwachen schaute ich sehr lange hinaus. Womöglich hat das mich so beruhigt. Außer verschneiten Hügeln kann man nichts sehen. Zwischen ihnen verläuft ein schmaler schlammiger Weg. Die Militärwagen fahren darauf hin und her. Nichts weiter. Irgendwo in der Nähe kräht ein Hahn, und gleich neben der Tür sind gedämpfte Gespräche auf armenisch zu hören. Es ist ein Holzhaus, mit Holzdecke und so. Kalt ist es auch, die Tapeten sind abgenutzt und zerrissen, die Fensterscheiben klirren bei Wind. Auf dem wackeligen Tisch liegt viel Kram: Papiere, Weltkarten, Bücher. Und natürlich stehen da Gläser und Flaschen. An der Wand hängt ein großes Foto von irgendeinem alten armenischen General. Das Foto ähnelt denen, die früher in den Zügen verkauft wurden. Fotos von Stalin oder Boney M. Auf der Photographie sind nur die Orden und Anstecker koloriert, und der Schnurrbart ist leicht bläulich gefärbt.

Es ist, wie es ist. Bis jetzt geht's mir gut, ich bin ausgeschlafen; wenn ich Zigaretten hätte, wäre ich rundum zufrieden.

Die gestrige Geschichte ist einfach Schicksal gewesen. Ich weiß nicht, wie ich es sonst nennen soll. Es ist Schicksal, denn wenn es das nicht gewesen wäre, wäre es nach meinem Kopf gegangen. Ich hätte diesen stinkenden Keller nicht verlassen, und das wär's gewesen. Aber ich bin, wie Nana zu sagen pflegt, sehr naiv und leichtgläubig. Zum ersten Mal in meinem Leben hab ich Pulverdampf eingeatmet. Wenn ich es mir recht überlege, so war ich gestern kaum bei Sinnen. Während der Schießerei habe ich den Geruch der Munition, oder wie das heißt, gar nicht richtig wahrgenommen. Der Geruch sitzt jetzt in den Nasenlöchern fest. Man atmet ein, als ob man wieder mittendrin ist. Auch mein Pullover stinkt danach.

Wie auch immer, vermutlich wollte ich selbst, daß es so kommt, denn sonst wäre ich immer noch in der Hand der Tataren, und jener geldgierige Oberst hätte mich vielleicht gar zu Tode gefoltert. Falls er überhaupt am Leben geblieben ist. Unterwegs machte ich mich vor Sorgen richtig verrückt, ich heulte und jammerte die ganze Zeit wegen Gogliko. Am Ende drehte sich ein Armenier zu mir um und befahl mir, damit aufzuhören, denn ich störte dadurch den Verwundeten. Ich hörte zwar auf, fühlte aber das Blut in mir kochen. Ich war sauer, wütend und wurde allen gegenüber frech, beleidigte die mit Maschinengewehren bewaffneten Typen. Ich war nicht mehr recht bei Verstand. Ich malte mir bereits aus, wie Gogliko erschossen wurde und so. Solche Einbildungen und Vorstellungen werden mich noch zugrunde richten. Ihretwegen begehe ich Taten, derer ich mich im nachhinein schäme. Auch jetzt weiß ich, daß im Nebenzimmer die Armenier sitzen, die diesen Angriff durchgeführt und mich mitgenommen haben. Sie sitzen da, unterhalten sich und rauchen, aber ich kann nicht zu ihnen rausgehen, ich schäme mich, weil ich gestern so rumgeschrien habe.

Außerdem hat einer der Armenier bei der Ankunft hier zu mir gesagt, mein Kumpel sei dort geblieben. Er hätte selbst gesehen, wie er wieder in den Keller zurückgegangen sei. Vielleicht ist auch das eine Lüge, aber Gogliko ist ja ein stadtbekannter Idiot, wer weiß, welche Schnapsidee er da gehabt haben mag. Aber nein, er kennt sich mit solchen Sachen aus, er hat für so was einen Riecher, und er hat vielleicht ja eine gute Entscheidung getroffen. Und ich? Ein richtiger Dummkopf ... Wieso bin ich nicht aus dem verdammten Wagen rausgesprungen, wie konnte ich ihn dort zurücklassen?! Aber es ist nicht meine Schuld und Gogliko noch weniger. Alles ist schuld, einfach alles: die Tatsache, daß ich nichts weiß; daß ich in dieser verdammten, zerstörten Stadt nicht mehr leben kann; daß ich Jana verloren habe; daß ich alles verloren habe. Ich bin ein Schwächling, ich habe keine Ahnung vom Leben. Nur eines weiß ich ganz genau: Es muß sich was ändern, es muß sich etwas grundsätzlich ändern, sonst werde ich mein ganzes Leben lang im Sessel liegen und Rauchringe an die Decke blasen. Ich habe vorher nicht darüber nachgedacht, aber ich bin garantiert aus diesem Grund mit den Armeniern mitgegangen. Ich habe keinen blassen Schimmer, wo ich mich jetzt befinde oder wohin ich gehen werde. Wer weiß, auf welche Schnapsidee ich komme. Aber ich fühle mich entspannt und gelassen. Weil es hier sehr ruhig ist, weil keiner mich anruft und weil keiner mich sucht.

Dieser Rafik ist hier sehr angesehen, eine Art Anführer. Die ganze Schießerei wurde nur seinetwegen veranstaltet, um ihn zu befreien und so. Aber sie wollten auch noch einige Sachen mitnehmen. Also haben sie alles zerstört und sind abgehauen. Aber es war nicht so leicht getan wie gesagt. Sie erzählten, wie sie von zwei Seiten in den Ort reingeschlichen waren, die Wächter leise außer Gefecht gesetzt und die Elektrokabel durchgeschnitten hatten. Den großen Wachposten, den Gogliko und ich gesehen hatten, wollen sie ganz ausgelöscht haben. Dort befand sich wohl das Hauptquartier. Sie waren mindestens 200 Mann, erzählten sie, fast sämtliche armenischen Milizen. Sie hätten Raketen mitgenommen, die Funkgeräte und Gott weiß noch was. Ihre Angeberei schien kein Ende zu nehmen. Aber was verstehe ich schon davon, vielleicht war es tatsächlich sehr schwer.

Wenn ich über Angeberei und solche Sachen nachdenke, bekomme ich Angst, es erinnert mich wieder an Tbilissi.

Schließlich stand ich auf und ging in das andere Zimmer.

Dort saßen fünf Männer. In Militäruniformen, alle mit Vollbärten und dunkler Haut. Nein, nicht richtig dunkel, sondern eher schlammfarben. So sind die Armenier – schlammfarbene Haut und traurige Augen.

In Kürze, ich war in einem Stabsquartier gelandet. Auch Rafik war dort. Er stand auf und küßte mich zur Begrüßung. Es war irgendwie dämlich. »Wie sehen deine Pläne aus?« fragte er. »Dies sind meine Brüder, und vor ihnen kannst du ruhig alles sagen«, fügte er hinzu.

»Was für Pläne soll ich denn haben?« erwiderte ich.

»Wenn du es eilig hast, kann ich dich in drei Tagen gehen lassen. Davor läßt es sich nicht einrichten, sonst könntest du noch heute gehen.«

Dann fragte er sehr fürsorglich nach meinem Auto. Wieso wir Kaukasier so sehr an unseren Autos hängen? An den Eltern, der Verwandtschaft und den Autos. »Es ist nicht so gelaufen, wie du wolltest«, sagte er, »aber was kann man machen? Es ist eben Krieg.«

Wir aßen etwas aus der Dose. Dann gaben sie mir Zigaretten, und ich ging raus. Wo bin ich, was mache ich hier?

Es war ein relativ großes Dorf, aber mit sehr wenigen Einwohnern. Ich sah keinen einzigen jungen Typen ohne Militäruniform.

Ich stellte mir Tengiz Mikatadze vor, wie er mit seinem Maschinengewehr auf Wachposten steht. Wir mußten uns unbedingt über ihn lustig machen, über ihn und alles, was er so dachte und vorhatte. Jetzt wüßte ich gern mehr darüber.

Noch nie hatte ich so viele Panzer und Militärwagen zusammen gesehen.

Auch nicht so viele mit Maschinengewehren bewaffnete Armenier.

* * *

Mir taten die von Schlägen getroffenen Körperstellen weh, und ich hielt es draußen nicht lange aus. Also kehrte ich in mein Zimmer zurück und legte mich hin. Ein Kumpel oder Handlanger von Rafik kam rein und setzte sich an den Tisch. Er begann meinen Verstand mit der traurigen Geschichte des armenischen Volkes vollzukacken. Ich fand es uninteressant. Was sollte daran denn interessant sein? Die ganze Geschichte ging so: Die Armenier wurden ermordet, trotzdem bauten sie weiterhin Kirchen und verbreiteten ihre Kultur auf den umliegenden Territorien. Wenn man ihm so zuhörte, gab es kein Volk, das eine größere Kultur oder tollere Kämpfer hervorgebracht hatte. Aber eines verstehe ich nicht: Wenn sie so ausgezeichnete Kämpfer waren, wieso schafften es alle, sie zu töten und ihr Land zu annektieren, oder wie kam es, daß man sie kontinuierlich umbrachte, aber trotzdem nicht ausrotten konnte? Er ließ immer wieder den Spruch fallen: »Wir waren von Meer zu Meer ausgebreitet.« Sogar Batumi schloß er in diese Grenzen mit ein.

Übrigens, dieser Typ mit Schnurrbart, der so stolz die Wand

schmückte, entpuppte sich als ein gewisser Andranika. Auch über ihn erzählte er mir Geschichten, aber ich hörte nicht zu. Er erzählte ja nur Ammenmärchen.

Mir war es aber egal. Ich dachte über meine eigene Sache nach.

Auf dem Tisch lag ein Buch, *Straßenatlas der Sowjetunion*. Ich blätterte es durch, bis ich die Seite mit Aserbaidschan und Kirowabad fand. Ich suchte dieses verfluchte Atakendi. Was ich fand, war ein völlig anderes -kendi, und das lag viel zu weit weg. Dann folgte ich der Straße von Kirowabad und begriff, an welchem Punkt wir uns verirrt hatten. Sogar der Teufel hätte sich verirrt, noch dazu im Dunkeln. Dann überquerte ich die Grenze nach Karabach, da gab's einige tatarische Enklaven. Fizul hatte mich vermutlich in eine solche Enklave gebracht. Die stürmten die Armenier und nahmen mich in unbestimmte Richtung mit.

»Wie heißt dieses Dorf?« fragte ich Armika.

»Wieso fragst du? Ich könnte es dir schon sagen, aber wieso fragst du?«

Er war nicht ganz dicht. Als ob er ein Geheimnis hütete. Ich könnte ja Rafik fragen, und er würde es mir sagen. War ja nichts Besonderes. Ihr elendes Dorf mit ihren auf den Hügeln plazierten Kanonen ging mir am Arsch vorbei. Wichtig war, daß es mir gutging, ich fühlte mich ruhig. Ich warf noch einen Blick auf den Atlas. In dieser Gegend war nichts vermerkt, nur Leninakan und Mardakert. Das war's, aber so weit konnten wir unmöglich gefahren sein. Wir waren eher irgendwo davor, näher an der Grenze. Aber auch das hatte keine Bedeutung. Geographie interessierte mich nicht die Bohne.

Wenn nicht heute oder morgen, dann spätestens übermorgen würde Nana anfangen, sich Sorgen zu machen. Erst würde sie bei mir anrufen, dann vorbeikommen und mich nicht antreffen. Sie hätte noch einen Tag ausgehalten und dann Tengiz alles gesagt. Deshalb wollte ich etwas unternehmen, sie irgendwie benachrichtigen. Nein, es ging nicht um morgen. Ich saß so fest, daß ich es nicht mal über die Grenze geschafft hätte, geschweige denn nach Tbilissi. Aber etwas wie »ich verspäte mich« wollte ich ihr schon zukommen lassen. Das sagte ich Rafik.

Er dachte nach. Sehr, sehr lange. »Schreib einen Brief, er wird in zwei Wochen ankommen«, sagte er, aber dann hatte er eine andere Idee. Er ließ mich einen Eilbrief schreiben und versprach, dessen Versand irgendwie zu organisieren. Er kümmerte sich sehr um mich, wie ein großer Bruder und so. Er benahm sich irgendwie ritterlich. Ein echter Ehrenmann vom Scheitel bis zur Sohle. Er war sehr ernst und sachlich und suchte anscheinend meine Freundschaft. Eine fixe Idee hatte sich in seinem Kopf festgesetzt, nämlich daß Georgier sich als die besten Freunde erweisen. Also gab er alles. Mutig und furchtlos war er ohnehin. Aber es wäre noch zu klären, ob Furchtlosigkeit an sich gut oder schlecht ist. Beispielsweise ist auch Mortschila furchtlos, aber er fürchtet sich vor Hunden. Angst und Furcht sind ganz schön kompliziert. Ich verstehe nur wenig davon.

Inzwischen wurde es allmählich dunkel. Draußen war der Militärbetrieb voll im Gange: Autos fuhren hin und her, die Wachen wurden gewechselt. Das ganze Theater halt. Bis dieser Armika reingeplatzt kam, ging es mir eigentlich prächtig, aber danach ging ich lieber raus, statt mit ihm zu quatschen.

Im Nebenzimmer stand ein Ofen. Er funktionierte mit Kerosin oder ähnlichem Scheiß, wärmte aber trotzdem. Es war ein erstaunliches Gefühl. Die an die Wand gelehnten Maschinengewehre, ihre gestapelten Pelzjacken, der Zigarettenrauch und ein leises Murmeln, dessen Inhalt ich nicht verstehen konnte. Als ich reinkam, schoben sie mir einen Hocker hin. Ich setzte mich vor den Ofen und wärmte meine Hände. Um mich herum Offiziere. Es stellte sich heraus, daß die meisten Armenier aus Karabach waren. Der Rest war von drüben, aus dem richtigen Armenien. Wie ich aufgeklärt wurde, gibt es zwischen den beiden Unterschiede, so wie bei uns, Imeretier und so. Die Wodkaflasche machte die Runde. Auch ich trank ein wenig, und wir unterhielten uns. Sie fragten mich über georgische Politik aus und wollten alles über uns wissen, beispielsweise ob sich die Regierung halten würde und Ähnliches. Meine Antworten waren Quatsch, was wußte ich schon von irgendeiner Regierung? Aber sie hatten diesbezüglich ganze Theoriegebäude. Sie waren gänzlich durchtränkt von Politik. Wie anscheinend alle heutzutage. Und wenn nicht alle, dann zumindest viele. Und die Politik kann die Menschen verrückt machen, das konnte von jetzt auf gleich passieren. Ich hatte mal einen dämlichen Kommilitonen. Er tickte in solchen Sachen nicht ganz richtig. Als diese ganzen Demonstrationen losgingen, befestigte er eine Flagge an seiner Brust und ließ sich einen Vollbart wachsen. Er ging gemeinsam mit irgendwelchen abgefuckten Typen ständig auf sämtliche Demonstrationen und Kundgebungen. Dann beschloß er, aus dem Komsomol auszutreten. Das geschah noch vor dem neunten April 1989, als sowjetische Truppen zwanzig Demonstranten in Tbilissi massakrierten. Damals blieben solche Vergehen nicht unbemerkt. Man zeigte mit dem Finger auf die Aussteiger und bärtigen Typen. Er ist also aus dem Komsomol ausgetreten. Seit dem Uniabschluß bin ich ihm mindestens hundertmal auf Rustaweli begegnet, wo er Zeitungen verkaufte. Er lehnte sich elend an Mauern, schien geschrumpft und geschlagen worden zu sein. Er rief: »Expreß Inform, Expreß Inform!«

»Was machst du so?« fragte ich ihn.

»Ich kämpfe gegen den Faschismus«, war die Antwort. Er war anscheinend in der Opposition. Jetzt wird er sich vermutlich ein wenig ausruhen und dann wieder aus einer Partei austreten, falls er vorher irgendwo untergeschlüpft ist.

Erst machte man die Menschen verrückt, und dann ließ man sie wie eine heiße Kartoffel fallen. Diese Armenier tun mir leid. Die ganze Zeit hier zu sitzen würde jeden um den Verstand bringen. Obwohl, mir geht es gut, wie einem ausländischen Gast. Wenn ich will, gehe ich ins andere Zimmer, lege mich auf das bunte Sofa und finde meinen Frieden. Ich werde sicher so unbeschwert einschlafen, daß ich in einen wunderschönen Traum abtauche, farbenfroh, schön, und wer weiß, vielleicht ... In Westernfilmen gibt es solche bunten Träume am Feuer oder auf dem Balkon eines Saloons in der Mondnacht. In diesem Moment kommt die Musik ins Spiel, und die Augen von Eastwood oder jemand anderem werden ausdrucksvoll. Was diese eisenharten Colt-Liebhaber sich wünschen? Ruhe, ein normales Leben, eine Frau, eine liebende Frau an ihrer Seite.

Also ich bin ein einsamer Cowboy, oder zumindest kurz davor, einer zu werden.

Die Armenier legten riesige Kartoffeln auf den Ofen, schnitten ein riesiges geröstetes Brot in dicke Scheiben. Einer holte eine weitere grüne Literflasche. Jemand anderes kam rein. Der Funker am anderen Ende des Zimmers versuchte die ganze Zeit, Verbindung mit jemandem aufzunehmen, und wiederholte ununterbrochen irgendein sehr schönes Wort, das ich nicht verstand.

Draußen war es windig, aber es schneite nicht. Vor den Fenstern hingen sehr dicke Tücher; im anderen Zimmer gab es keinerlei Vorhänge. Das Haus, das nun als Stabsquartier diente, war früher vermutlich irgendein ländliches Amtsgebäude. Hinten gab es noch mehr Zimmer, aber komischerweise standen sie leer, nur ein paar Menschen schliefen dort, und das war's auch schon. Gleich daneben waren die Verwundeten untergebracht, die von einem glatzköpfigen Arzt und einem sehr alten Mann gepflegt wurden. Vielleicht waren jene Zimmer deswegen unbesetzt, weil sie für die Verwundeten reserviert waren.

Der Geruch der mit Schale gebratenen Kartoffeln verbreitete sich in der Luft. Ich nahm eine und schälte sie. Der Armenier mit den Wurstfingern griff nach Salz und bestreute die Kartoffel. Der Dampf stieg mir in die Nase, drüben der Wodka, hier dies. Die Teekanne zischte. Die Armenier tranken auf ihren Sieg, auf die Republik von Karabach und auf das Wohlergehen aller Armenier und Christen. Ich hob das Glas und lachte innerlich: Wo bin ich hier überhaupt gelandet? Ich trank auf mein Wohl, gleichzeitig wissend, daß kein Trinkspruch Probleme lösen und die Menschen zusammenbringen kann. Sie nahmen an, daß ich das Glas auf Karabach geleert hatte, und klopften mir lobend auf die Schulter. Ein mir unbekannter grauhaariger Mann kam herein, auch er trug eine Uniform, und seine riesige Nase ähnelte einem Gebirgsgrat. Unrasiertes, schläfriges Gesicht. Jeder begrüßte ihn und sprach ihn kurz an, er schien darüber erfreut zu sein, gab mir die Hand und sagte etwas auf armenisch.

»Spielst du Billard?« fragte mich Wartana, ein ernster Junge mit Brille.

Ich lachte. »Ja, tue ich.«

»Dann spiel mit ihm, sonst wird er uns auf den Keks gehen.«

Wie sich herausstellte, hatten sie einen Billardtisch. Sie lebten in Saus und Braus, wenngleich ihr Job nicht beneidenswert war. Ich hatte vorhin so eingebildet gelacht, daß ich nun einfach spielen mußte, obwohl ich nie ein großer Billardspieler gewesen war. Wir schwänzten zwar ab und zu die Schule und hingen im Muschtaidi-Park oder in Mtatsminda beim Billard rum, aber das war's dann auch. Auch im Wake-Park gab es eine Billardbude, aber dann wurde sie zugemacht, genauso wie die im Muschtaidi-Park. Im allgemeinen werden solche Sachen ja regelrecht bekämpft, als ob etwas Gefährliches daran wäre. Kurz und gut, der Alte und ich gingen raus, Wartana und Rafik folgten uns. Am Ende des Flurs gab es ein Zimmer, besser gesagt einen Stauraum, vollgestopft mit irgendwelchen Kisten und Säcken. Genau dort stand der Tisch, wenn man dieses Elend einen Tisch nennen darf. Der Stoff, wahrscheinlich vor langer Zeit grün, war jetzt bekleckert, abgeschabt und schmutzig. Die Kugeln (insgesamt fünf) waren angestoßen und abgesplittert, offenbar hatte man sie als Hammer verwendet. Die Queues waren zerbrochen, verbogen und hatten keine Pomeranzen. Kurz gesagt, es gab dort nichts zum Billardspielen, nicht mal den Arm konnte man richtig strekken. Wie ich feststellen mußte, spielte außer diesem älteren Kämpfer auch niemand. Er schloß sich dort ein und polterte stundenlang vor sich hin. Keine Ahnung, was ihm daran Spaß machte. Besser gesagt, ich wußte es damals noch nicht. Also begannen wir zu spielen. Um bei der Wahrheit zu bleiben, habe ich den Anstoß gemacht, dann hat der Angeber zweimal gestoßen und damit alle fünf Kugeln versenkt. Dann stieß ich wieder an, und er beendete die Partie erneut sofort. Es war wahnsinnig schwierig, Gott weiß, wie er es schaffte, diese schrecklichen Kugeln auf diesem lächerlichen Tisch präzise zu treffen. Er fing die dritte Partie an und beendete sie, ohne daß ich zum Stoß kam. Ich lachte mich fast tot, aber er blieb sehr ernst und stieß und versenkte. Die Kugeln bewegten sich wie Lokomotiven und rasten ununterbrochen auf die Taschen zu. Dann legte er ein Holzbrett auf den Tisch und ließ die Kugeln drüberspringen, oder er stieß alle fünf zusammen an und solche Sachen. Sein Gesicht schien so zufrieden, so voller Feuer und Leidenschaft, daß es kaum vorstellbar war, wie sich ein Mensch über so etwas derartig freuen konnte.

Wir gingen raus, es hatte keinen Sinn, dort zu bleiben. Außerdem brannte mir der Geruch von irgendwelchen Pulvern in der Nase, so daß es mir unmöglich war, länger in diesem Raum zu sein. Er blieb. Der Billardomane. Sogar im Gang hörte ich das Zusammenprallen der Kugeln. Aber eines verstehe ich nicht: Wieso hatte er mich überhaupt gerufen, wenn er mich dann nicht spielen ließ? Wahrscheinlich wollte er nur angeben. Sie sind solche Angeber, wollen einen ständig neidisch machen. Sie präsentieren dir sogar noch ihre Scheiße und behaupten, das sei pures Gold.

Also gingen wir in das große Zimmer zurück, wo die anderen bereits Domino spielten. Armenier vergöttern das Dominospiel, sie nehmen es so ernst, als wäre es Schach.

»Er ist ein guter Spieler«, sagte ich zu Wartana.

»Stimmt. Er ist auch aus Karabach. So ein As findet man selten.«

Das war wiederum leicht übertrieben. Der Alte war gut, aber nicht mehr.

»Er ist ein alter Billardspieler. Sein ganzes Leben hat er am Tisch verbracht und kennt außer dem Spiel nichts auf der Welt.« Wartana zündete eine Zigarette an. »Sein Sohn wurde von den Tataren getötet, und deshalb ist er hier. Sein Sohn war einer von uns und ist gefallen. Dann kam auch er. Er kümmert sich um die Versorgung, er kann weder schießen noch was anderes. Er spielt und redet über seinen Jungen ... Als er den Billardtisch gesehen hat, ist er vor Freude fast durchgedreht.«

Ich hörte ihm nicht mehr zu. Ich dachte über den armen alten Mann nach. Er lebte für sich, bewegte weiße Kugeln in Stepanakert oder sonstwo, und plötzlich wurde sein ganzes Leben auf den Kopf gestellt. Was willst du dagegen machen? Andere entscheiden über dein Schicksal. Und das, was du geliebt hast, mußt du vergessen und aus dem Kopf kriegen. Toll, nicht?

Und das ist für georgische Verhältnisse noch gar nichts. Bei uns würde bei einer solchen Geschichte niemand auch nur eine Miene verziehen. Ein Beispiel: In unserem Viertel wohnte ein Mädchen, ein zierliches, hübsches Mädchen. Sie hatte große Augen und ein kindliches Gesicht. Sie war von der Sorte, die immer etwas Kindhaftes behalten. Sie stammte aus gutem Haus und so. Ihr Vater war ein Weichei, hatte aber viel Geld. Ihre Mutter hielt sie für was ganz Besonderes. Sie war entsprechend eingebildet und fuhr einen teuren Schlitten, einen Wolga. Zu den Jungs aus dem Viertel pflegte sie ein kumpelhaftes Verhältnis. Man konnte von ihr Geld in kleinen Mengen leihen und gar nicht oder verspätet und zinslos zurückzahlen. Ich wollte eigentlich den Namen des Mädchens nicht verraten, aber ich mache es trotzdem. Wir nannten sie Tsantsuka, wie sie in Wirklichkeit hieß, weiß ich nicht. Sie war ein sehr gutes Mädchen, sicherlich von Natur aus, denn an ihrer Erziehung konnte es nicht gelegen haben.

Als sie zu studieren begann, ging sie mit einem Typen aus. Auch er war aus unserem Viertel, begabt und so, ein sehr netter Kerl. Eigentlich ganz normal. Er wußte, wie er sich zu benehmen hatte, und alle mochten ihn. Er hatte Humor, und man konnte mit ihm Pferde stehlen.

Er ging also mit Tsantsuka. Er liebte sie, und sie schmiegte sich andauernd an ihn. Sie haben keine Party ausgelassen und so. Aber der Junge hatte keinen Vater mehr, und sowohl seine

Mutter als auch seine Oma waren Lehrerinnen. Also, er gehörte nicht zur Elite. Er sei ein Proll, flüsterten einige hinter seinem Rücken. Er war kein Proll, sondern ein richtig netter Typ, damals zumindest.

Er wußte, daß ihre Eltern einer Hochzeit der beiden niemals zustimmen würden. Deshalb sind sie durchgebrannt. Tsantsuka wurde an einem Abend von einer Party heimlich rausgeholt. Sie war zwar ängstlich, aber eben auch ein romantisches junges Mädchen; ein paar nette Worte genügten schon, damit sie mitging. Sie brachten sie nach Kachetien. Ihre Familie brach in Panik aus! Man schmiß uns mitten in der Nacht aus den Betten und brachte uns zum Haus von Tsantsukas Mutter. Ihr Vater kam gar nicht erst zu uns raus. Er war halt so, er konnte nicht rumschreien. Die Mutter kreischte aber aus vollem Hals: »Hilfe! Hilfe! Bringt mir mein Mädchen zurück!« Was sie von uns wollte, blieb für mich ein Geheimnis. Wir waren doch keine Freunde von ihm. Es wimmelten etwa zweihundert Leute um das Haus herum. Man tätigte unzählige Anrufe und solche Sachen. Alle waren dabei, Tanten, Freunde, irgendwelche Mafiatypen, Staatsanwälte, Gauner – halb Tbilissi.

Sie waren ein so schönes Paar, und sie taten mir leid. Aber ihre Eltern wollten ihn nicht. Sie wollten jemanden mit viel Kohle, einen stillen Millionärssproß oder jemanden aus einer Professorenfamilie. Der Fall war klar, deshalb waren alle außer sich und ließen ihrem Ärger freien Lauf. Sie wollten den von »Bettlern« großgezogenen Schwiegersohn nicht. Gogliko war in ihrer Küche eingeschlafen. Wir konnten ihn mit Mühe wecken, um nach Hause zu gehen. Unterwegs fluchten wir die ganze Zeit, weil wir immer noch nicht verstanden, was man von uns wollte.

Schließlich aber wurden sie getrennt. Eine ihrer verlogenen

Freundinnen hatte sie verraten, Tsantsuka wurde am nächsten Morgen entdeckt und wieder nach Hause gebracht, mit großem Drama übrigens, sie drehte ziemlich durch. Es muß ein Alptraum für sie gewesen sein. Soweit ich etwas von solchen widerlichen Sachen verstehe. Ich merke, daß es mir dabei um meinen eigenen Alptraum geht, um Jana und mich. Aber was willst du machen? So läuft es in dieser Stadt ab. Aber wer hat ihn erschaffen, diesen monströsen Mechanismus, der die Menschen auseinanderbringt und unglücklich macht? Wie haben sie das geschafft? Oder wieso funktioniert es immer noch ... Keine Ahnung. Keine Ahnung. Sie wurden getrennt. Punkt.

Man erzählte später, Tsantsuka hätte die ganze Bettwäsche mit den Zähnen zerrissen. Sie redete kein Wort mehr und so. Wie gesagt, alle gehen da durch. Aber es ist auch verdammt schlau eingefädelt: Erst bringt man sie auseinander, dann bemuttert man sie und läßt sie alles vergessen. Er war der erste Mann für Tsantsuka. Nur daran denken alle, nur an ihre eigenen Wünsche. Sie setzen ihre Ziele durch. Wir haben dich so und so erzogen und so ein Blödsinn. Wir wollen auch etwas zurück. Ein richtiger Schwachsinn.

Respekt für Tsantsukas Mutter! Sie hat es trotzdem geschafft, ihre Tochter so zu verheiraten, wie sie es wollte. Sie hat die Hochzeit mit einem Millionärssohn aus Batumi arrangiert. Ich habe nichts gegen den Typen, der sie geheiratet hat. Was sollte er schon machen? Wer hätte Tsantsuka nicht genommen, sie war ein engelhaftes Wesen. Aber ihre Mutter versuchte das Ganze so darzustellen, als ob zwischen den beiden damals nichts passiert wäre, als ob sie mit Gewalt entführt und dann unbefleckt nach Hause gebracht worden wäre. Ein Alptraum, ein Tbilissi-Alptraum eben. Tsantsuka wurde nach dem Vorfall nach Moskau geschleppt und gleich nach der

Rückkehr fand die Hochzeit statt. Jeder weiß doch, wieso die unverheirateten Mädchen von ihren Müttern nach Moskau gebracht werden! Sie werden genäht. Als ob sie immer noch Jungfrauen wären und so. Also was für einen Sinn hat es, etwas zu sagen, mit jemandem zu reden? Wem willst du etwas erklären und verständlich machen? Stell dir vor, sie werden zugenäht, damit sie als Jungfrauen durchgehen. Eigentlich kann man so etwas auch in Tbilissi machen lassen, aber eine fremde Stadt ist wohl besser für diesen Zweck.

Tsantsuka zog von unserem Viertel weg. Sie ging fort und verschwand. Ich hatte sie seit einer Ewigkeit nicht mehr gesehen. Sie grüßte immer so herzlich, daß ich gleich bessere Laune bekam. Sie hatte große, hübsche Augen. Sie war noch ein Kind, ein richtiges Kind.

Ein, zwei Jahre später waren Tato und ich auf einer Party bei Tatos Kommilitonen. Plötzlich sah ich Tsantsuka. Sie war irgendwie geknickt, mit verweinten Augen und dunklen Augenringen. Als ob jemand sie langsam und ausgiebig mit einer Axt zugehauen hätte. Sie freute sich und sagte, sie würde mit uns heimfahren. Es war nicht mal zehn Uhr, als sie uns drängte, die Party zu verlassen. Davor saß sie in einiger Entfernung von uns, also hatten wir nicht viel geredet. Als wir uns ins Auto setzten, wollte ich wissen, wie es ihr so ergangen war. Sie saß vorn neben mir. »Ich hab einen Sohn«, sagte sie und zuckte ständig nervös mit ihren Augenbrauen und Lippen. Ich erinnerte mich an die alten Zeiten. Was für ein tolles und ruhiges Mädchen sie war und so.

Sie fragte mich nach einer Zigarette und konnte sie nur mit großer Mühe anzünden. Ich war echt sprachlos.

»Wo bist du, und was machst du, Tsantsuka?« fragte Tato.

»In Batumi.« Auch ihre Stimme war anders. Sie spuckte die Wörter aus wie die Schalen von Sonnenblumenkernen.

»Wie, in Batumi? Ihr seid doch auch oft hier?« wunderte ich mich.

»Seitdem das Kind geboren wurde, bin ich nur dort. Mein Mann sagt, das ist besser.«

Tato kann die georgische Provinz nicht ausstehen.

»Und? Wie sind die Batumer?« murmelte er.

»Sie sind doof. Sie betrinken sich und fangen dann mit ›unser Batumi‹, ›unser Batumi‹ an. Weißt du, wie doof sie sind?«

Tsantsuka, du Arme!

Als wir an ihrem Haus angekommen waren, bat sie mich, noch ein paar Minuten im Auto bleiben zu dürfen. Sie meinte, sie wolle noch eine rauchen, denn ihr Mann könnte sie bereits heute nacht abholen, sie würden dann zusammen wegfahren, und wer weiß, wann sie dann wieder rauchen könnte.

Sie rauchte in einer halben Minute zu Ende, dann steckte sie ein Stück Schokolade in den Mund, küßte uns beide und stieg aus. »Ich vermisse euch alle«, sagte sie und ging mit schnellen, fast unsicheren Schritten ins Haus ihrer perfiden Mutter.

»Sie haben das Mädchen echt verrückt gemacht«, sagte Tato.

»Ja, verrückt ...«

* * *

Ich ging auf die Veranda, rauchte eine Zigarette und stand in der frostigen Kälte. Eine ruhige Nacht, still, friedlich und dunkel. Nur hier und da war Licht zu sehen. Sogar ein Hahn krähte ein paarmal. Ich fühlte mich wie in einer Überdruckkammer, ausgeruht, in Ruhe gelassen. Auch diese armenischen Zigaretten waren in Ordnung. Die Luft war sauber und würzig, der Himmel sternenlos, irgendwie milchig. Ich dachte über nichts mehr nach und machte mir auch keine Sorgen, daß man bei mir zu Hause nicht wußte, wo ich war und wie es mir ging. Es ging mir gut – ganz allein mit mir selbst. Ich tagträumte Blödsinn – von einem großen Haus aus Ziegelsteinen in einem verschneiten Dorf. Von einem ununterbrochen bellenden Hund, einer riesigen bunten Couch, von Jana, die in einem Sessel am Fenster saß, und von ihren mit Schneeflokken bedeckten Wimpern. Als ob ich tatsächlich dort wäre. Ich war voll und ganz in meiner Vision, und es half mir. Es half mir sehr.

Eine wunderbare Stille herrschte dort.

Plötzlich hörte ich ein Stöhnen. Es kam von ganz nah und völlig unerwartet, so daß ich zusammenzuckte und mich umschaute. Zuerst hielt ich es für das Winseln eines Hundes, aber dann seufzte jemand so kummervoll, so erbärmlich, so trostlos und was weiß ich noch was, daß ich eine Gänsehaut bekam, obwohl ich in der Kälte stand, die ich bis dahin gar nicht gespürt hatte, weil ich in meinem Tagtraum existierte. Ich wollte sofort reingehen, schaute in den finsteren Hof, warf einen Blick auf die Konturen des verdunkelten Lagerhauses und ging ins Zimmer zurück.

Vielleicht war es ein Verwundeter.

Wir hatten ja drei Verwundete.

## 5.

Ich bin doch keine Ameise, sondern ein Mensch! Ha, das habe ich schön gesagt. An mir ist ein Philosoph verlorengegangen. Wenn ich einige Bücher gelesen hätte, wäre ich noch besser dran. Eine Zeitlang nahm mich Nana mit zum Büchermarkt im Kirowi-Park. Sie suchte für sich billige Liebesromane aus, für Tengiz Krimis, obwohl mein Vater die kaum je las. Sie lagen neben seinem Bett oder gar im Bett, und er schlief darauf. Im Kirowi-Park gab es Unmengen Bücher, sie bedeckten den Boden wie ein bunter Teppich. Nana lief herum, und ich folgte ihr wie ein Straßenköter. Dort gab es sogar das *Guinnessbuch der Rekorde*. Es ähnelte einem Lexikon, mit Fotos und Biographien drin. Der kleinste Mensch der Welt, der größte, einer hatte 23 Flaschen gegessen, der andere 711 Holzbretter an seinem Kopf zerbrochen. Echte Idioten, sag ich euch. Hundertprozentige Idioten. In Tbilissi ist ein Typ mittleren Alters aufgetaucht, ich glaube, er will zum König aller Irren werden. Er öffnet Flaschen mit den Zähnen, natürlich in unglaublichem Tempo. Das Hauptproblem ist wohl, daß er keine Geldgeber findet. Also Leute, die für ihn Flaschen kaufen. Wie soll er sonst so viele Flaschen beschaffen? Für das Öffnen einer Flasche benötigt er anderthalb Sekunden, und um einen Weltrekord aufzustellen, muß er die Flaschen drei Tage lang ununterbrochen öffnen. Was für ein Lebensziel! Die meisten Flaschen mit den Zähnen zu öffnen und in dieses dämliche Buch eingetragen zu werden.

Es gibt solche Typen. Obwohl, es gibt noch schlimmere.

Was mich betrifft, ich wollte nicht mal Flaschen öffnen, hatte kein einziges Ziel, dachte über nichts nach, und daß ich in letzter Zeit dann überhaupt zu denken anfing, lag sicherlich daran, daß man mich an meinen Gefühlen scheitern ließ. Gestern meinte ein tätowierter Armenier zu mir, er hätte wegen Vergewaltigung zwölf Jahre im Gefängnis gesessen; als er rausgekommen ist, wollte er gleich zurück. »Ich hatte dort ein Ziel, nämlich rauszukommen. Nach der Entlassung war ich zwei Jahre lang wie verloren, ich kann mich nicht mal daran erinnern, was ich in dieser Zeit gemacht habe oder wo ich war. Bis der Karabach-Krieg ausbrach, stand ich neben mir. Dann hatte ich einen Geistesblitz, daß genau das mein Ding war, und zog hierher«, erzählte er. Es gibt auch solche Typen. Jetzt ist er Soldat und macht sein Ding. Das hat er auch im Knast gemacht. Ich habe zwei Monate lang mein Ding durchgezogen, nur zwei Monate, und bis heute kehre ich zu dieser Zeit zurück, um meine Ruhe wiederzufinden und das Leben neu zu beginnen.

Ich lag auf meiner Couch, draußen fiel wieder Schnee, und Andranika schaute von der Wand auf mich herunter. Ich war schon lange wach, hatte sogar Tee getrunken und zwei Zigaretten geraucht, aber dann kehrte ich wieder in das Zimmer zurück und legte mich hin, in diese Stille und Wohligkeit.

Rafik hatte meinen Eilbrief als Telegramm weitergeleitet. So sagte er mir zumindest. Jetzt konnte ich mich auch in dieser Hinsicht entspannen. Der Text war der Hammer: »Mir geht's gut. Bin bißchen verspätet. Viel Wind in Jerewan. Kann nicht anrufen.«

Übrigens habe ich eine schwarze Militärunterhose an, darüber eine graue Uniform. Dazu breite Stiefel. Man hat hier keine Baskenmützen, also trage ich Janas Tuch um den Kopf. Ich kann doch nicht ihre bescheuerten Fellmützen aufsetzen! Dazu trage ich meine Lederjacke, die wie durch ein Wunder heilgebliebene Sonnenbrille, und in meiner Jackentasche habe ich sogar eine Handgranate. Ich könnte auch ein Maschinengewehr kriegen, wenn ich wollte, aber wozu brauche ich das? Obwohl, wozu brauche ich diese Handgranate? Sie hatten sie mir einfach in die Hand gedrückt. In Kürze, ich war ein richtiger Guerilla-Kämpfer, sah ganz nach Mchedrioni aus und unterschied mich doch gewaltig von den Armeniern.

Den ganzen Morgen spazierte ich mit einem riesigen Fernglas im Dorf herum. Ich beobachtete die Gegend mal von diesem, mal von jenem Hügel. Ich hatte Spaß wie ein neugieriges Kind. Zudem lief ich allein herum, alle grüßten mich, und ich nickte huldvoll zurück. Hier gibt es einen Lehrer, etwa 35 Jahre alt, dem an einer Hand zwei oder drei Finger fehlen. Deshalb kann er nicht kämpfen. Er ist in der ideologischen Division, könnte man sagen. Er stürzte sich auf mich und ließ nicht lokker, bis ich mit ihm in sein Haus ging. Bißchen Wodka, paar saure Gürkchen, ein wenig altes Brot. Wir unterhielten uns. Er war ein alter Gauner, fast ein Krimineller mit ziemlich viel Erfahrung. Er nannte mich gleich Bruder. Wieso sind eigentlich alle Armenier so scharf auf diese Bruderschaft? »Es gibt nichts mehr zum Kiffen oder sonst was«, beschwerte er sich. »Was erzählst du mir da?« sagte ich. »Ich sitze wegen dem Scheiß hier fest.« Ich quatschte noch irgendeinen Blödsinn, von wegen überall gibt es was. Er sei ein richtiger Junkie gewesen, erzählte er weiter, aber jetzt wolle er nicht mal weiterleben, weil er keinen Bock auf irgend etwas hätte. »Es gibt nur noch drei von unseren Dörfern hier, alle nebeneinander, und wenn es diese Jungs nicht gäbe, würden die Tataren uns glatt überrollen«, fügte er hinzu. Er lobte die armenischen Kämpfer über den grünen Klee. Sie seien extrem tüchtig. Von Beruf war er Kunstlehrer, allerdings einer von denen, die selbst nicht mehr malen. »Als Kind habe ich auch gemalt«, sagte ich. Ich malte wirklich. Aber dann hab ich es aufgegeben, ich plante ja nicht, an die Kunstakademie zu gehen. Tengiz hat entschieden, daß ich Bauingenieur studieren sollte, und seitdem habe ich nicht mal mehr in einem Notizbuch rumgekritzelt. Ich mußte Privatunterricht in Mathe und Physik nehmen. Meine Privatlehrer waren allerdings richtige Faulenzer, noch schlimmere als ich.

Walera (so hieß er) und ich sind als beste Freunde auseinandergegangen. Er bat mich, ihn morgen wieder zu besuchen, er wollte mich malen, oder wir könnten auch zusammen malen. Er lebte allein trotz vier Ehen und etlicher Kinder. Er betrachtete alles ganz unaufgeregt und war eigentlich ein ziemlich guter Typ. Wirklich vom Charakter her und nicht aus irgendwelchen Prinzipien. Abgebrühte Leute sind so.

Ich nahm mein Fernglas und ging.

Vor meinem Haus war etwas im Gange. Sie hatten Fahnen aus den Fenstern gehängt, etwa zweihundert Menschen standen rum, fast die ganze Garnison. Sie unterhielten sich und lachten laut. Ich ging zu ihnen und mischte mich unter meine Bekannten. Ich öffnete die Tür des Jeeps und setzte mich rein. Die Sonne war kraftlos, der Schnee auf den Dächern taute nicht, und auch der Schlamm trocknete kaum, aber es war trotzdem angenehm.

Ich fand bald heraus, was los war. Man erwartete die Ankunft irgendwelcher Russen von großen Zeitungen, die über das Leben in dieser vergessenen, vom eigentlichen Schlachtfeld weit entfernten Militäreinheit berichten wollten oder so einen Quatsch. Also über unser Leben. Dann wurde ein Hubschrauber sichtbar, der allmählich an Höhe verlor und am Ende des Dorfes auf einem verschneiten, relativ ebenen Platz landete. Wir fuhren mit zwei Militär- und einem Lastwagen dorthin. Ich saß wie ein großer Kämpfer im vorderen Auto. Ich sah wie ein belgischer Söldner aus und wirkte wahrscheinlich höchst zufrieden, weil mich ein unbeschreiblicher Hochmut überkam. So erging es mir jedesmal, wenn ich in Moskau oder Leningrad war und die Russen sah. Auch jetzt war ich sicher, daß aus diesem Hubschrauber Russen aussteigen würden, und unwillkürlich benahm ich mich nach unserer arroganten Tbilisser Art. Sie stiegen aus: Zwei schäbige Typen mit Ziegenbart, Brille und Schal und ein Mädchen in Jeans, mit blauen Augen und einer riesigen Kamera. Sie schleppten einige Taschen mit und wirkten leicht desorientiert. Irgendwelche Armenier stürmten auf sie zu und umkreisten sie ununterbrochen. Großer Jubel und ausführliches Händeschütteln standen auf dem Programm. Unsere Leute, angeführt vom alten Billardspieler mit der beeindruckenden Nase, luden Säcke aus dem Flugzeug. Wahrscheinlich Mehl oder Kartoffeln. Dann luden sie auch die Munitionskisten aus, und damit endete das Ganze.

Sie kamen von einer bekannten Zeitschrift, aber das sah man ihnen überhaupt nicht an. Sie spielten sich nicht auf. Sie waren ganz normale, bescheidene junge Leute, von der Sorte, die bei uns als Videotechniker oder Elektriker arbeiten. Die Jungs hießen Mischa und Slawik, das Mädchen Marinka, und sie hatte keinen russischen Nachnamen, sondern hieß Schomberg oder Stenberg oder etwas ähnliches, also irgendwas mit Berg.

Sie drückten uns gleich im Auto ihre Visitenkarten in die Hand. Ich warf einen kurzen Blick darauf, stellte mich ihnen aber nicht vor. Meine Einstellung war, mir vor den Russen nichts anmerken zu lassen. Als ob sie verpflichtet wären, von sich aus Interesse zu zeigen. Das Mädchen tat es auch. Es lag in ihrem Blut, sich für alles zu interessieren, die Menschen dort lesen in der U-Bahn ständig Bücher und so. Sie fragte, wer der Chef sei. Wartana und ich saßen im Auto, Wartana am Steuer. Die anderen fuhren mit dem anderen Wagen.

»Er sitzt im hinteren Auto«, sagte Wartana.

»Ehrlich? Ich dachte, der wäre der Anführer.« Sie zeigte auf mich.

Ich lachte.

»Warum?« fragte Wartana.

»Erstens ist er vorne eingestiegen, zweitens ist er sehr ernst«, plapperte sie auf russisch los.

»Hier sind alle ernst.« Wartana hatte die Gabe, alles zu verkomplizieren.

»Du hast recht«, sagte einer der Jungs, »ich bin seit einem Monat in Karabach und hab noch keinen lachen gesehen.«

Wie sich herausstellte, schrieb er an einem Buch und war

die ganze Zeit an vorderster Front gewesen, und ich spielte vor ihm einen Tbilisser Milizionär und protzte rum.

»Es wird *Reise nach Karabach* heißen. Wir schreiben es zusammen. Marinka macht die Fotos«, erklärte er uns.

Von mir aus, schreibt, was ihr wollt, aber glaubt bloß nicht, daß ich das lesen werde! Ihr Russen seid doch nur Klatschtanten. Jedesmal, wenn ich auf einen Moskauer Sender umschalte, wird dort nur getratscht und geklatscht.

»Seid ihr Offiziere?« Das Mädchen ließ uns keine Ruhe.

»Hier gibt es keine Offiziere. Dieses Dorf wird von Freiwilligen verteidigt.«

»Offiziere gibt es überall.«

»Hier nicht.«

»Wie heißen Sie?«

Wartana antwortete, und wir hielten an.

»Und Sie?«

»Soldier Blue!« sagte ich plötzlich. Es gibt einen amerikanischen Film, der so heißt. Da werden Indianer abgeschlachtet, und es gibt einen Soldaten und eine scharfe Braut, die das Massaker verhindern wollen. Es gelingt ihnen nicht. Alle werden niedergemacht. Keine Ahnung, welcher Teufel mich geritten hat.

»Oh«, rief sie auf einmal, »was für ein Prachtexemplar. So einem bin ich noch nie begegnet.«

Und sie stieg aus.

Ich blieb im Hof. Der Hubschrauber war schon weg. Anscheinend hatten sie vor hierzubleiben. Ich zündete eine Zigarette an und mischte mich unter die Kämpfer. Sie luden einen Wagen aus. Sie schienen irgendwie aufgeheitert, aber es waren nicht mehr so viele wie vorher. Sicher redeten sie über die russischen Journalisten. Im Hof standen etwa vier oder fünf aus Zementblocks gebaute und hastig gedeckte Gebäude.

Wahrscheinlich handelte es sich dabei um die Lagerräume. So oder so, alle waren mit Schlössern verrriegelt, und die Schlüssel verwahrte der alte Billardspieler. Nur er öffnete die Türen. Das habe ich damals gar nicht beachtet, es blieb einfach in meinem Gedächtnis hängen, aber als ich später darüber nachdachte ... Ich lerne es einfach nicht! Ich kann kein stinknormales Leben führen, weil ich überall meine Nase reinstekken muß. Ich bin ständig auf der Suche und leide.

Es war herrliches Wetter, und ich wärmte mich in der Sonne wie ein Rentner im Wake-Park. Wartana kam auf die Veranda und winkte mir zu. Ich ging zu ihm. »Sie interessieren sich sehr für dich«, sagte er. Ich wunderte mich, wieso ich in deren Visier geraten war und so. »Sie reden noch mit Rafik, sie bleiben eine Woche hier und beobachten alles, die verfluchten Idioten.« Er schien von ihrer Ankunft nicht gerade begeistert zu sein. Wie sich herausstellte, hing von ihren Artikeln viel ab. Von dem Geschreibsel dieser heruntergekommenen Wichser. Demokratische Presse und so ein Scheiß. »Unser Standpunkt ist so, daß wir uns verteidigen, und sie sollen es auch so schreiben, sonst geraten wir in Schwierigkeiten«, berichtete Wartana. Er bat mich, nicht die Wahrheit zu erzählen, falls ich gefragt würde, wie ich hier gelandet war.

»Ich sage nichts und basta«, antwortete ich. Im Grunde genommen wollte ich mich gar nicht mit ihnen unterhalten, aber eine ungewöhnliche Anziehung spürte ich trotzdem in mir.

»Das geht nicht. Die sind sehr erfahrene Journalisten mit großem Ansehen. Wir müssen sie möglichst gut behandeln. Außerdem wissen sie bereits, daß du kein Armenier bist.«

»Woher?«

»Sie wissen es. Das Mädchen fragte, wo wir diesen unverschämten Georgier aufgegabelt hätten.«

Was für eine abgefuckte Schlampe!

»Sie hat bestimmt schon viele Georgier aus nächster Nähe erlebt…« Ungefähr so formulierte Wartana.

»Auch Armenier.« Ich wollte ihm schmeicheln.

Ich ging ins Haus und öffnete meine Zimmertür. Dort war die bunte Couch und so. Etwas duftete sehr angenehm, entweder wegen der Feuchtigkeit oder der Kälte, oder gar der Sonne, die durch die Fenster schien. Ich fühlte mich wohl, sehr entspannt. Als ob ich mich an einem Urlaubsort erholte. Ich legte mich hin und betrachtete Andranika. Keine Ahnung, warum, aber es kam mir vor, als ob ich das ganze Restleben hier verbringen würde. Ich würde im Dorf rumspazieren, kleine Aufgaben erledigen, Bäume pflanzen und so. Manchmal würde ich beim Maler Walera vorbeischauen, und wir würden uns über dieses und jenes unterhalten. Ich würde Jana Briefe schreiben, viele, sehr viele Briefe. Ich würde es irgendwie schaffen, daß die Briefe sie erreichten. Wenn ich bloß einen Beruf hätte, Arzt wäre oder Sanitäter oder irgendwas! Außer mit Autos kannte ich mich mit nichts aus.

Bald riefen sie nach mir, und ich ging zu ihnen, es blieb mir nichts anderes übrig. Im Korridor stand Rafik mit strahlendem Gesicht und schäkerte mit den Russen. Er erklärte ihnen, was für eine schwere und verantwortungsvolle Aufgabe die Männer hier hatten, wie sie sich verteidigten und daß hier jeder Soldat ein Held war, weil er die friedliche Bevölkerung beschützte. Er verzapfte Unsinn, aber die Russen waren auch nicht anders. Später beteuerten sie andauernd, für sie wäre das Wichtigste, die Wahrheit herauszufinden.

»Unsere Freunde zeigen ihnen das Dorf. Laß uns sie diesmal begleiten«, sagte Rafik zu mir, und wir gingen raus.

Ich setzte mich ans Steuer. Marinka setzte sich neben mich, die anderen nahmen geräuschlos ihre Plätze hinten ein. So waren sie, ganz still. Wir fuhren den schlammigen Weg entlang. Sie fragten uns mit großer Vorsicht, irgendwie behutsam, aus. Sie interessierten sich für alles. Wie heißt dieser Berg? Wie heißt jener Bach? Wie viele Einwohner leben jetzt hier? Wie viele waren es früher? Und alle Antworten wurden sorgfältig in ihre schönen Notizbücher eingetragen. Sie ließen sich zu jedem Panzer und jedem Granatwerfer bringen. Dort redeten sie mit den Wachen, notierten wieder etwas und kehrten zum Auto zurück.

»Ich gehe los und mache ein paar Fotos«, sagte das Mädchen, »dann spaziere ich ein wenig herum und komme wieder zurück.«

Ich schaute zu Rafik.

»Sollen wir Ihnen unseren Freund hier mitgeben?« fragte er sie so höflich, als ob wir in einer Oper wären.

»Ach, den unbekannten Soldaten? Oder was sagten Sie noch mal, wer Sie sind?« Sie sah mich mit einem so spöttischen und herausfordernden Blick an, daß mich direkt das Bedürfnis überkam, sie anzuspucken. Übrigens ist Gogliko ein bekannter Anspucker und Verächter russischer Frauen, aber das ist eine andere Geschichte.

»Marinka!« sagte einer ihrer Begleiter mißbilligend.

»Wieso ist er denn so verdammt eingebildet?«

»Ich tausche Typen wie dich täglich gegen zehn Patronen ein«, sagte ich plötzlich.

Keine Ahnung, wie mir das in den Sinn gekommen war. Wahrscheinlich ein Ergebnis der ganzen Beziehungsscheiße mit den Russen.

Rafik schien verdutzt. Er lehnte sich an die Tür und schaute zu Boden.

»Wieso sagen Sie so etwas?« fragte mich Mischa.

»Was soll das denn alles? Seid ihr von einem anderen Planeten?« Ich gab richtig Gas. »Ihr schreibt Bücher und habt keine Ahnung, daß ihr im Krieg seid. Du schreibst ein Buch über den Krieg, und deine Frau hier weiß nicht mal, daß sie sich im Kriegsgebiet befindet? Benehmt euch doch entsprechend! Wir haben hier Besseres zu tun, als euch zu bemuttern. Zehn unserer Leute wurden gestern verwundet, ausschließlich Alte und Kinder, und wir müssen euch in den Arsch kriechen, damit ihr schreibt, daß unsere Kinder verwundet wurden, daß wir niemanden angreifen und uns nur verteidigen? Deshalb müssen wir euch in den Arsch kriechen? Ihr hättet in Afghanistan sein müssen, Freunde. Die Menschen hier sind total erschöpft, und wir sollen uns um euch kümmern, also um diejenigen, die uns gegeneinander aufgehetzt haben?«

Es war eine tolle Rede. Und noch dazu eine Lüge. Sie wurden still. Sogar Marinka schien perplex.

»Wann wurden die Kinder verwundet?«

»Vorgestern«, sagte Rafik mit einer solch traurigen Stimme, daß ich beinahe angefangen hätte zu lachen. »Es gab einen Angriff auf das Dorf, aber wir konnten ihn abwehren.«

Seht ihr?

»›Interfax‹ hat was völlig anderes ...«

Sie haben alles geglaubt, was wir ihnen auftischten.

Rafik legte mir die Hand auf die Schulter und bat mich wie einen Freund: »Gio, geh und kümmere dich um die Dame ...«

Wir gingen schweigend nebeneinander her. Wie ein zerstrittenes Paar. Sie sah etwas, und dann klickte sie mit ihrer Kamera.

»Bist du wirklich so wütend?« fragte sie mich, als wir uns dem Dorf näherten.

»So ist nun mal das Leben.« Ich war echt in die Philosophie eingetaucht; ab und zu bekräftigte ich mit solchen Floskeln meine Lügen.

»Warst du auch in Afghanistan stationiert?« fragte sie wieder.

»Ja.«

»Ihr Ex-Afghanen seid alle gleich. Ihr liebt den Krieg.«

Ich lachte.

»Wie bist du hier gelandet?« Sie interviewte mich ganz offenbar.

»Direkt aus Afghanistan.«

»Sei mir bitte nicht böse, aber ihr Kaukasier seid richtig verrückt. Irgendwie komisch. Ihr könnt Frauen nicht leiden.«

Sie nannte *uns* verrückt! Hatte die noch alle Tassen im Schrank?

»Und ihr Russen mischt euch überall ein.«

Sie dachte nach.

»Also haßt du die Russen?«

»Nein, ich kann lediglich Schlampen nicht ausstehen, die überall ihre Nase reinstecken.«

»Aber den russischen Frauen lauft ihr trotzdem nach und behandelt sie dann dementsprechend.«

»Wie denn?«

»Das weißt du selbst am besten.«

»Vielleicht wollen sie es so. Wieso blitzen die russischen Männer bei unseren Mädchen ab?«

Dann blieben wir eine Zeitlang still.

»Mögen die Georgier die Armenier?«

»Was weiß ich! Was geht es die Russen an, ob wir Armenier mögen oder nicht?«

Plötzlich blieb sie stehen und schaute mich an.

»Du bist nie in Afghanistan gewesen. Ich kenne jede Menge Männer, die dort waren.«

»Ja, und?«

»Wer bist du? Don Quijote vielleicht?«

Sie hatte den richtigen Nerv getroffen. Nein, ich bin kein Don Quijote, ich spiele nur seine Rolle. In Wirklichkeit bin ich Goglikos Kumpel und verstehe rein gar nichts von dieser Welt.

»Sehr witzig!«

Es war eine klare Sache, man kannte das aus Moskau. Je mehr du eine Frau mißachtest, desto eifriger sucht sie deine Nähe. Sie war aber nicht aufdringlich oder so, sondern zeigte einfach ihr Interesse.

»Laß mich ein Foto von dir machen!«

Sie überholte mich und klickte ganz schnell mit der Kamera, zweimal hintereinander.

»Soll ich es für dich abziehen?«

Ich jonglierte mit der Handgranate rum und ging ruhig weiter. Ich war in Topform!

Im Billardzimmer stand Slawik. Er war voll mit Eindrükken, betrachtete in Gedanken versunken das Spiel des zahnlosen alten Billardspielers. Das war eine perfekte Szene für sein Buch. Die Geschichte dieses armen Lieferanten lieferte guten Stoff. Armika saß auf einer Kiste und erzählte die Geschichte von Armenien.

Drüben im großen Zimmer bereitete man sich auf das Abendessen vor.

»Wie läuft's?« fragte ich Slawik.

»Geht so.«

»Komm, laß uns was essen. Dabei erzähle ich dir eine gute Story.«

Ich versuchte mich mit ihm anzufreunden. Ich hatte ein schlechtes Gewissen Rafik gegenüber. Er hatte mich ja extra gewarnt, daß ich sie wie rohe Eier behandeln sollte, und ich hängte den harten Milizionär raus.

»Wo kommst du her?«

»Aus Tbilissi.«

»Bei euch war auch viel los.«

»Ja, Bürgerkrieg, wir haben gekämpft.«

Wie gesagt, ich war ein echter Profi.

»Wie bist du hier gelandet?«

Das war mehr ein Verhör als ein Interview. Dazu fühlte sich der Russe wegen der Tatsache, daß er ein Buch schrieb, sichtlich berechtigt.

»Rafik und ich haben gemeinsam in Afghanistan gekämpft. Ich hab dann meinen Abschied genommen und bin hergekommen. Er ist in Schwierigkeiten, also helfe ich ihm.«

»Bist du von Gwardia?«

»Kennst du die Mchedrioni?«

»Natürlich.«

»Willst du nicht nach Georgien kommen und über uns ein Buch schreiben?«

Er lachte. »Wenn ich gewußt hätte, daß bei euch so etwas passiert, wäre ich sicher gekommen.«

Der Tisch war prächtig gedeckt, mit Schinken, sauren Gurken, Braten und so. Ein sehr kleiner Kreis, sieben Armenier, die Russen und ich. Es gab Wodka und solche Sachen.

Die Rede kam natürlich gleich auf Politik. Es ging los und fand kein Ende. Die Vertreter der Freien Presse wurden regelrecht abgefüllt. Ihre Lider und Zungen wurden immer schwerer, es war ein echtes Vergnügen, sie so zu sehen. Auch Marinka wurde zum Trinken ermutigt, aber sie war dabei nicht besonders engagiert. Sie nahm das Glas in die Hand, schaute zu mir rüber, zwinkerte mir zu und trank dann einen Schluck. Auch ich zwinkerte ihr zu, eher weil ich betrunken war, denn sonst ging sie mir zusammen mit ihrer Nikon am Arsch vorbei.

Wir tranken Wodka aus Teetassen. Dann wurden die taumelnden Russen aus dem Zimmer getragen. Marinka fing an, uns zu fotografieren. Die Kamera blitzte so hell, daß es mir wie ein echter Blitz vorkam.

Rafik legte den Arm um meine Schulter, und dämlich lächelnd ließen wir ein Foto von uns machen. Dann nahmen die Armenier ihre Kalaschnikows und stellten sich in Positur. Eigenartig, wie sie der eigenen Tapferkeit ein Denkmal zu setzen versuchten.

»Respekt, Bruder, wir haben heute einen guten Job gemacht«, meinte Rafik zu mir.

»Du sagst es, Bruder.«

Er umarmte mich und so.

Plötzlich erinnerte ich mich an den letzten Winter. Damals hatten Jana und ich im Wake-Park das einzige Foto von uns gemacht. Wir beide im Schnee neben dem Teich. Ich kuschelte mich an sie, und sie stand mit gesenktem Blick still, friedlich, hübsch, warm da. Ich zeigte vor Glück sämtliche Zähne, war zufrieden und unbeschwert. Ja, es gab solche Zeiten. Ich vermißte sie so sehr ... Ich, der betrunken in einem armenischen Dorf steckengeblieben, verloren, entspannt, anscheinend friedvoll und zufrieden war, vermißte Jana so wahnsinnig. Die in der Dämmerung sitzende, in die Couchecke verkrochene und mit schüchtern erwartungsvollem Blick auf mich schauende Jana.

Wenn ich sie jetzt hier hätte, in meinem feuchten Zimmer am Fenster, aus dem die verschneiten Hügel und matschigen Pfade zu sehen waren! Genauso wie damals, in einem anderen Winter an einem anderen Ort. Wir brauchten und liebten uns. Wir erwarteten ein Kind. Das grüne Tuch roch nicht mehr nach ihr. Es roch nach Zigaretten, wahrscheinlich, weil es zu lange in meiner Hosentasche gesteckt hatte.

»Ich bin übrigens keine Russin.« Marinka saß schon neben mir.

»Wer bist du dann, Französin?«

»Jüdin.«

»Noch besser.« Ich stand auf.

Im Korridor vernahm ich das Klicken der Billardkugeln. Der arme alte Kerl spielte wieder. Ich ging nach draußen und zündete eine Zigarette an. Es war sehr still, wie gestern, nein, eher wie immer.

Ich hörte eine Stimme in meinem Kopf: »Kommt, Brüder, laßt uns auf unser Tbilissi trinken! Auf uns, auf unsere Zukunft!« Gogliko, wo bist du? Wo habe ich dich zurückgelassen, was habe ich überhaupt angestellt?

Ob er schon tot war? Keine Ahnung, aber Leute wie er sterben nicht. Vielleicht denkt Gogliko, daß *ich* tot bin?

In meinem Kopf kreisten betrunkene, sturzbetrunkene Gedanken. Ich erinnerte mich plötzlich an meine Wohnung, aber irgendwie gleichgültig. Ich erinnerte mich an Nana, stets die Beste und Geschickteste, an Irakli, den Videoboy mit blauen Augen, und natürlich an Tengiz Mikatadze, den Revolutionär, den aufbrausenden Revolutionär-Putschisten. Ich wollte nicht zurück, ehrlich nicht. Und überhaupt, Sehnsucht ist so eine Sache, zum Beispiel wenn man von Tallinn oder Moskau fliegt und die Stewardeß die Ansage macht: »Sehr geehrte Fluggäste. Unser Flugzeug landet in Kürze in Tbilissi. Wir bitten Sie ...« Das ist es. Und nichts weiter. Wenn du in deinem Magen die Wellen spürst, so nach dem Motto: Jetzt bin ich zu Hause. Blödsinn. Ich werde dieses Dorf irgendwann mal sicherlich mehr vermissen. Keine Ahnung. So dachte ich zumindest. Wie gesagt, ich war total betrunken.

Als ich den letzten Zug nahm, hörte ich plötzlich ein Stöhnen. Ein elendes, dumpfes, nervtötendes Stöhnen. Ich sah mich um. Im Hof war niemand. Einige waren auf Wachposten, die anderen schliefen wahrscheinlich. Oder sie betranken sich mit Wodka drüben, auf dem alten Bauernhof im Dorf, wo Licht brannte.

Ich rannte die Treppen runter und ging in den Hof. Es war nichts mehr zu hören. Ich nahm noch eine Zigarette und schaute mich mit dem Mut eines Betrunkenen um. Nichts. Plötzlich hörte ich einen Aufschrei oder etwas Ähnliches: unverständlich, müde und heiser. Er kam sicher nicht aus dem Haus, ganz sicher nicht. Er kam von irgendwo ganz in der Nähe. Keine Ahnung, warum ich umgedreht bin, warum ich die Suche nicht fortgesetzt habe. Vielleicht weil ich Angst hatte, Angst, etwas sehr Wichtiges zu finden – oder zu verlieren.

Ich kehrte auf die Veranda zurück und stand eine Weile dort, dann machte ich die Zigarette aus und ging rein.

Erst lauschte ich im dunklen Korridor dem Klacken der Billardkugeln, dann betrat ich das Zimmer.

Ich fand den Lichtschalter und drehte das Licht an.

Auf meiner Couch, auf meiner bunten Couch, lag Marinka. Ihre Augen waren geschlossen und die Beine an den Knöcheln gekreuzt.

Sie richtete sich auf und schaute mich von unten an.

»Wieso machst du ein so erschrockenes Gesicht?« fragte ich.

Es war meine Schuld. Was hatte ich denn mit meiner Angeberei sonst bezweckt?

»Wieso bist du nach Karabach gekommen? Was hier passiert, hat doch nichts mit Georgien zu tun.«

Ich setzte mich an den Rand der Couch.

»Weißt du, was komisch an dir ist? Wenn du die Sonnenbrille abnimmst, siehst du nicht mehr so grimmig aus.«

»Ich bin nicht grimmig.« Ich wünschte, ich hätte nie mit diesem Theater angefangen.

»Bist du immer noch sauer auf mich?«

»Quatsch. Ich bin auf so viele Leute sauer, daß mir euer belangloser Quatsch voll am Arsch vorbeigeht.«

Plötzlich drehte ich mich zu ihr um und küßte sie. Auf die Wange. Ganz normal. Aber wieso ich das gemacht habe, weiß ich nicht. In diesem Augenblick sehnte ich mich einfach nach etwas, nach menschlicher Wärme, Nähe, oder wie man das auch nennt.

»Wieso hast du mich geküßt? Hast du lange keine Frau mehr gehabt?« Sie war ziemlich direkt.

»Ach was. Einfach so.«

»Ich verstehe trotzdem nicht, warum du hier bist.«

»Ich weiß nicht. Durch Zufall.«

»Mußt du für immer hier bleiben?«

»Ich weiß nicht.«

Sie nervte mich. Sie war wie eine Zecke. Als ich sie küßte, muß sie total ausgerastet sein.

»Willst du, daß ich dich auch küsse?«

Verdammt, das klang wie aus *Tom Sawyer*.

»Was willst du von mir? Hast du keine Freunde?« fragte ich leise.

»Ich will wissen, warum du hier bist.«

»Die Straßen sind gesperrt, ich komme hier nicht weg.«

Plötzlich legte sie die Hand auf mein Knie und lächelte.

»Bin ich ein böses Mädchen?«

»Nein, ein gutes.«

Plötzlich schmiegte sie sich an mich. So schnell, daß ich nicht mal zu reagieren schaffte.

»Soldier Blue …«

Sie nahm mir das Tuch vom Kopf und begann mich zu küssen. Ich kann so aktive Frauen nicht ausstehen. Ich fühlte mich entsetzlich. Es ist immer das gleiche, wenn du etwas machen mußt, aber nicht willst.

»Küß mich, küß mich!« verlangte sie.

Man läßt dir keine Ruhe, ganz egal, was du machst. Man läßt dich die Einsamkeit und Ruhe nicht genießen.

Genau so war es. Sie fing an, verrückte Sachen zu machen. Darüber dachte ich gar nicht nach. Ich wollte es ehrlich nicht, sie hat mich in die Enge getrieben. Aber eigentlich war es meine Schuld. Ich hatte sie den ganzen Tag lang herausgefordert, und nun war es zu spät. Sie fand vermutlich Spaß daran, provoziert zu werden.

Im betrunkenen Zustand bekommen viele Lust, mit einer Frau zu schlafen. Bei mir ist das Gegenteil der Fall. Ich gab es ihr möglichst schonend zu verstehen. Ich schob ihre Hände weg, legte meinen Arm um ihre Schulter und versuchte sie zu beruhigen. Wieso drehen bei mir alle durch? Sie hatte zwei goldige Schriftsteller im Zimmer, in Schlafsäcke verpackt, aber sie kam ausgerechnet zu mir. Sie fing an zu winseln, daß sie müde sei, daß sie wie ein Esel schufte, daß sie ständig unterwegs sei und wozu? Sie sei es leid, mit diesen »Schmierfinken« durch die Welt zu ziehen. Genau so formulierte sie. Ich habe sie die ganze Zeit getröstet, sie sei ein braves Mädchen, und wir würden morgen zusammen spazierengehen. »Du bist ein schlechter Mensch! Du schaust auf alle herab. Was habe ich dir angetan, wieso behandelst du mich so?« Dann fuhr sie fort, daß die Menschen einander lieben sollten, und weiß der Geier noch was.

Einander lieben? Wen sollte ich lieben? Wen könnte ich je so lieben wie Jana?

»Du bist ein Mistkerl! Mistkerl! Mistkerl!« wiederholte sie.

Dann stand sie auf, richtete ihren Pulli und sagte, die Georgier seien die größten Mistkerle auf der ganzen Welt. Sie machten nur das, was ihnen gefällt.

Dann ging sie raus und knallte die Tür hinter sich zu.

Bravo! Meine Fassung und mein Gleichgewicht waren nun im Arsch. Ich scheiße auf alle, diese abgefickten Huren!

Man ließ den ganzen Tag nicht von mir ab, und letztendlich hat man es geschafft. Was wollten diese Leute überhaupt von mir? Mich endgültig zugrunde richten?

**6.** Die Sonne schien wieder. Ich wußte nicht mal, ob das hieß, der Frühling fing an. In den letzten zwei Tagen hatte sie jedenfalls alles getrocknet. Seit unserer Ankunft hatte ich vor dem Frühstück keine einzige Zigarette geraucht, wie ein richtiger Sportler. Nun rauchte ich wieder, weil ich fühlte, daß ich nicht mehr so entspannt wie bei einem Kuraufenthalt sein konnte. Ich schlief unruhig und wachte schlechtgelaunt auf. Daran war vermutlich diese blöde Kuh schuld, die mich bestiegen hatte. Ich fühlte mich so gut, und sie brachte mich aus der Fassung. Ich kam mir selbst wie ein Raubtier vor. Ich spielte bloß mit ihr, aber sie raffte es nicht. Frau Freie Presse! Sie hatte nichts geschnallt.

Ich nahm meine Jacke. Die Handgranate fiel aus der Tasche und rollte über den Boden. Der Zünder lag unten. Ich stand auf und zog mich an. Dabei dachte ich über diese Schlampe Marinka nach. Wenn es Nacht ist, fällt einem alles leichter: jemanden zu beleidigen, auszulachen, zu lieben. Komm, zeig, ob das bei Tageslicht genauso leicht geht! Es ist tausendmal schwerer. Diese Frau war der Auslöser, und nun war ich kurz davor durchzudrehen.

Die Sache mit Marinka, oder wie sie auch hieß, erinnerte mich an eine blöde Geschichte, die mir zu Hause mit einer solchen Frau passiert war. Mit einer Nutte. Die allerschlimmsten sind die aus der Provinz nach Tbilissi gezogenen georgischen Nutten. Es gibt nichts, was sie nicht machen oder nicht erfinden. Es ist manchmal zum Kotzen. Duda hatte so eine

Frau aufgegabelt, ob aus Bagdath oder Wani, weiß ich nicht genau. Sie war tollwütig, ganz im Ernst. Er brachte sie einmal zu mir, und sie gab richtig Gas. Sie war so billig, so nuttig, daß sogar der Anblick schmerzte. Aber man weiß ja, wie Jungs sind, sie wollen es trotzdem, zuerst achten sie zwar nicht darauf, aber danach fühlen sie sich schlecht. Genau so kam es. Gogliko konnte nicht und hörte auf. Ihm folgten Wika und Duda. Sie verließ das Bett trotzdem nicht. Ich wollte den Raum lüften, es war ja schließlich meine Wohnung. Den anderen war es egal, aber ich mußte dort schlafen. Die Jungs tranken in einem Zimmer, die Frau war im anderen, lag auf dem Bett und kam nicht raus. Sicherlich hoffte sie, daß auch ich reingehen würde. Aber wie bereits gesagt, sie ging mir am Arsch vorbei, sie kotzte mich an. Ich machte bei den Jungs das Fenster auf. Erst beschimpfte ich sie, dann öffnete ich das Fenster und ging ins Schlafzimmer. Sie lag auf dem Bett, nackt, mit offenem Mund. Eklig. Diese Schlampe hätte sich ruhig zudecken können. »Ich muß das Fenster aufmachen«, sagte ich. »Wieso so eilig?« fragte sie. »Komm, steh auf und verzieh dich!« antwortete ich. »Du scheinst ein guter Kerl zu sein, aber du schaust die Menschen nicht genauer an. Ich hab eine neue Frisur, und du hast es nicht bemerkt«, sagte sie. »Ja, ja, sie steht dir«, erwiderte ich und öffnete das Fenster. »Nicht da, sondern hier«, meinte sie und zeigte auf ihre Schamhaare. So eine Frau war sie. Und keiner kann mir weismachen, daß ein Typ, der mit einer solchen Frau schlafen kann, kein Freak ist. Dann verschwand sie. In ihrem Dorf hieß sie Fatiko oder so ähnlich, aber hier nannte sie sich Maka. Sie ging weg und kehrte nie mehr zurück. Duda sagte, sie hätte einen Schweizer Geschäftsmann geheiratet. Außerdem hätte sie Duda ein Visum und eine heiße Zeit in den Alpen versprochen. Unvorstellbar, oder? Der arme Schweizer, er wurde mächtig an der

Nase rumgeführt und beschissen. So eine Frau war sie. Auch diese Marinka tickte nicht richtig, wahrscheinlich vom zu vielen Fotografieren.

Ich verließ den Kasernenhof und nahm den Weg zum Dorf. Ich holte Janas Tuch aus der Tasche, und als ich es um den Kopf wand, erwachte in mir wieder der Guerilla-Kämpfer. Es gab im Dorf ein heruntergekommenes, marodes Geschäft mit zerschlagenen Fensterscheiben. Davor saßen die Greise, nein, wahrscheinlich das ganze Dorf. Es gab ja dort keine Arbeit oder sonstigen Zeitvertreib. Also saßen sie in Lumpen gekleidet dort und wärmten sich in der Sonne. Unsere Slawik und Mischa saßen dazwischen und schrieben an ihrem Buch. Wartana dolmetschte wahrscheinlich. Ich warf nur einen Blick auf sie und ging grußlos vorbei. Als ob ich ihnen den Fehdehandschuh hinwerfen wollte. Keine Ahnung, wieso ich mich so anstellte. Ein Streit mit denen fehlte mir gerade noch ... Kurz gesagt, ich dachte gar nicht daran wegzugehen. Wohin hätte ich gehen sollen? Mir war auch nicht langweilig geworden oder so. Und doch störte mich was. Um mich herum gab es eine große, uneingeschränkte Freiheit, die mir eine Gänsehaut machte. Eigentlich könnte ich die nächsten hundert Jahre oder noch länger in diesem abgelegenen Dorf so friedlich weiterleben. Weil hier Stille herrschte. Ruhe. Zumindest auf mich machte es diesen Eindruck. Aber bei mir hatte sich einiges angesammelt, und so kam es, daß sie alle, Rafik, Marinka, die Kaserne und das Buch, mir langsam auf den Sack gingen.

Trotzdem war ich sicher, bleiben zu wollen. Ich hatte sowieso keinen Ort, nach dem ich ein Verlangen verspürte. Es war hier auf jeden Fall besser, als in Tbilissi zu sein. Und wie sollte ich denn wegkommen, ohne Geld, ohne Auto? Ich hatte rein gar nichts.

»Gio, wo gehst du hin?«

Ich drehte mich um.

Es war Wartana. Er folgte mir im Laufschritt.

»Ich gehe spazieren.«

»Geh nicht zu weit weg, die Feinde schleichen überall rum. Wir haben Wind bekommen, daß heute oder morgen was passieren könnte.«

»Dann werden die Russen alles filmen und so«, sagte ich ziemlich erfreut.

»Ich rate dir davon ab, allein spazierenzugehen, zumindest jenseits der Wachposten. Es ist zwar noch Tag, aber vorsichtshalber ... Die Tataren werden noch an der Gier nach diesen drei Dörfern ersticken.«

Seitdem ich hier war, hatte ich keinen einzigen von den Tataren abgefeuerten Schuß gehört. Sie hatten nur einmal geschossen, und zwar auf meinen Lada. Die Armenier schossen eigentlich die ganze Zeit, es war aber wohl halb so schlimm. »Ist gut«, beruhigte ich ihn und setzte meinen Weg fort. Nun wußte ich, wohin ich ging: zu meinem Kumpel Walera. Wohin denn sonst, es gab sonst niemanden, zu dem ich gehen konnte. Ich bog in die matschige Sackgasse ein, kletterte über den kaputten Holzzaun und sah das zwischen den kleinen Bäumen stehende Häuschen. Auf dem Balkon, wo zwischen uraltem Mobiliar – einem feuchten, vom Regen deformierten Schrank, dreckigen Matratzen, Stühlen mit gebrochenen Lehnen und einer abgeschabten lederbezogenen Bank – Walera, der Meisterpinsler stand. Er hatte irgendwo einen Holzständer aufgetrieben und darauf einen schmutzigen, fettverschmierten Karton befestigt.

Die uralten, ausgetrockneten Farben hatte er in verschiedenen zerbeulten Dosen und Porzellantassen angerührt. Eine Palette war nirgends zu sehen, vermutlich benutzte er statt dessen die Bankecke, denn sie war bereits mit knalligem Gelb und Weiß beschmiert.

Er hatte sich praktisch ein richtiges Atelier eingerichtet.

»Hey, mein Freund«, freute sich Walera, »schau, ich habe sogar einen Pinsel gefunden. Er ist zwar riesig, aber das macht nichts. Nach unserem Gespräch gestern, und da das Wetter besser geworden ist, habe ich angefangen zu malen. Ist das nicht toll? Ich nehme mir jetzt diese Hügel vor. Ich habe ein paar Gläser getrunken, und es malt sich wie von selbst.«

Er hatte also meinetwegen angefangen zu malen. Weiß und Gelb, ein wenig Orange. Er benutzte diese drei Farben. Er hatte auch ein paar Gefäße mit anderen Farben, aber er brauchte sie nicht, denke ich mal. Er kam mit diesen drei Farben zurecht. Man merkte ihm schon an, daß er mit ganzem Herzen bei der Sache war. Das Bild gefiel mir gut. Nicht, weil es wirklich gut war. Aber es vermittelte ein Gefühl von Ruhe und Frieden, den Eindruck, von der restlichen Welt abgeschottet zu sein. Das gefiel mir, abgesehen davon war es Müll.

»Das ist im Stil von Martiros Sarjan«, sagte er und schloß die Augen. »Was für ein Maler!«

»Nicht von Pirosmani?« lachte ich. Ich erinnerte mich, wie Nana einmal einen riesenhaften Bildband von Pirosmani mitbrachte. Im Ausland publiziert und so. Die Bilder waren cool. Große Augen, verdutzte Gesichter, nachdenkliche Fratzen. Auf einem Bild war ein Bär im Mondlicht abgebildet. Er stand oder saß auf einem Ast. Die Farben waren toll. Man bekam gleich das Verlangen, in diesen Wald hineinzuspazieren und den auf dem Ast sitzenden Bären zu beobachten. Tengiz blätterte das Album durch und meinte spöttisch, die Bildideen wären zwar gut, aber Pirosmani hätte keine Ahnung vom Malen. Wahrscheinlich mochte Tengiz aber die Bilder von betrunkenen Männern an großen Tischen.

Also malte Walera wieder. Ich setzte mich in der Nähe hin, nahm eine Zigarette und schaute zu den Hügeln.

»Sind die Russen schon angekommen?«

»Ja. Sie schreiben ein Buch.«

»Zum Teufel mit ihnen. Können sie es nicht in Rußland schreiben?«

»Sie schreiben über Karabach.«

»Haben sie wirklich eine Frau dabei?«

»Ja, und?«

»Hast du sie schon flachgelegt?«

»Zum Teufel mit ihr.«

»Ist sie so häßlich?«

»Nein, sie ist in Ordnung.«

»Dann los! Leg sie flach! Sie sind total scharf darauf. Ihre eigenen Männer kriegen sie nicht befriedigt.«

»Sie ist eine blöde Kuh.«

»Alle Frauen sind gleich. Du mußt sie ficken. Sonst hält sie dich für einen Schlappschwanz.«

»Sie kann mich mal.«

Wir fingen an, über den Krieg zu reden.

»Sind hinter diesen Bergen die Tataren?«

»Nein, das sind noch unsere Dörfer. Hier gibt es nur armenische Dörfer, aber fast alle sind verlassen. Nur in diesen drei Dörfern wohnen noch Leute. Und unsere Soldaten. Ihretwegen trauen sie sich nicht, uns anzugreifen. Wenn die Soldaten nicht da wären, würden sie auch uns vertreiben.«

»Ich habe gehört, heute oder morgen passiert was ...«

»Und was genau soll passieren?«

»Null Ahnung. Die Jungs haben mich gewarnt, ich soll mich nicht zu weit entfernen, weil die Tataren hier rumschleichen. Sie hätten davon Wind bekommen.«

»Quatsch. Die kommen nicht so einfach her. Außerdem

liegen wir in der Mitte, vor und hinter uns sind Dörfer. Die Gegend dazwischen ist baumlos. Das einzige, was sie machen könnten, wäre mit einem Hubschrauber über uns fliegen.«

»Was weiß ich. Ich sage nur, was ich gehört habe.«

»Es war vermutlich ein Scherz, Bruder.«

»Ich weiß nicht.«

»Vielleicht haben sie das wegen der Russen gesagt?«

»Sie haben mich angehalten, als ich herkam, und mich gewarnt.«

»Was für ein Witz ist das? Klingt eher nach Verarschung.«

Ich warf die Kippe weg. Sicherlich war an der Warnung etwas dran, denn wozu sollte unser vieräugiger Wartana mich sonst warnen, so mein Gedanke. Es war schön, auf Waleras Balkon zu sitzen. Ich fühlte mich irgendwie entspannt. Er selbst trug dazu bei, indem er mich in Ruhe ließ. Er war mit Leib und Seele beim Malen. Es war offensichtlich, daß er viel trank. Er trank und legte sich dann als Lauscher der Stille auf diesen Balkon. Wie alle Gauner der alten Schule war er ein schlechter Menschenkenner. Beispielsweise mochte er mich, weil ich Georgier war. Er hatte mal gehört, daß die Tbilisser sehr gescheite Typen seien. Ihm reichte das. Eigentlich mochte er alle schwerbewaffneten Männer, sie waren, nach seiner Meinung, die Tatmenschen. Kurz und gut, er war ein typischer alter Gauner, sehr erfahren und so. Wie er es bloß in diesem Kaff aushalten konnte? Vermutlich war er auch vor etwas weggelaufen, wie ich. Er hatte die Kunstakademie in Leningrad absolviert und solche Sachen. Ich ließ mich auf ihn ein, weil ich spürte, daß er anders war. Er schien frei zu sein. Einer, der sich durch die Menge nicht umstimmen läßt. Das gefiel mir. Sonst gab es an ihm nichts Besonderes: Er hatte ein greisenhaft runzliges Gesicht und dünnes Haar. Das war alles.

Mehr sah man ihm nicht an. Walera legte den Pinsel zur Seite und wischte sich die Hände an einem Tuch ab.

»Komm, laß uns reingehen.«

Neben dem Ofen stapelten sich die Bretter einer Holzkiste. Auf einem Hocker lag ein Buch, an dessen Titel ich mich bis heute erinnere. *Die verlorene Welt der Kalahari* stand auf russisch darauf. In der Ecke waren noch andere, zumeist armenische Bücher aufgehäuft.

»Was ist das, eine Bibel?« Ich griff ein kleines blaues Buch heraus, auf dessen Einband ein Kreuz abgebildet war.

»Das Neue Testament«, sagte er, nahm es mir aus der Hand und schlug es irgendwo in der Mitte auf. Dann begann er zu lesen. Ich konnte mir lediglich drei Wörter merken: »Ew asats astuats«. Auf georgisch kenne ich aus dem Neuen Testament eine ähnliche Stelle: »Wahrlich, ich sage Euch.« Was er genau gesagt hat, weiß ich nicht. Nein, ich weiß schon, was er generell gepredigt hat. Im großen und ganzen. Aber so genau kann ich mich nicht erinnern. Woher denn auch, niemand hat mich so etwas gelehrt. Ich habe einzig das Musical *Jesus Christ Superstar* gesehen und noch einige Ausschnitte aus irgendeinem langen Film, den Gogliko nicht mochte. Er meinte, darin passiere nichts.

Walera nahm Wodka aus dem Schrank und legte eine eingelegte Tomate auf den Tisch. Er aß eigentlich die ganze Zeit eingelegtes Gemüse. Wie sein Magen es aushielt oder wie er überhaupt überlebte, blieb mir ein Geheimnis. Außer sauren Gurken, Sauerkraut und solchem Fraß hatte er nichts zu essen im Haus.

»Laß uns trinken, Bruder.«

»Zum Wohl.«

Wir erhoben die Gläser.

»Wenn der Krieg vorbei ist, gehe ich nach Jerewan«, sagte

Walera. »Dort habe ich viele Freunde. Auch meine Kinder sind dort. Ich werde sie alle besuchen und dann die Sau rauslassen.«

»In Jerewan?«

»Viele Kumpels von mir leben dort. Ich habe lange in einer Malschule gearbeitet. Dann hab ich mich mit meiner letzten Frau zerstritten, ich habe sie ein bißchen verprügelt und bin dann hierher zu meiner Oma gezogen. Die Oma ist gestorben, der Krieg ist ausgebrochen ... Ich vermisse die alten Zeiten.«

Wir tranken weiter.

»Ist im Hauptquartier was los?«

»Keine Ahnung. Das Übliche.«

»Haben sie Tataren dort?«

»Was meinst du damit?«

»Wenn sie angreifen, entführen sie immer ein paar Tataren. Wie umgekehrt die Tataren auch Leute von uns mitnehmen. Aber wenn sich mit ihnen nichts aus uns rauspressen läßt, bringen die Tataren sie um. Das ist der Unterschied. Ach! Laß uns auf die Ärmsten der Armen trinken.«

»Werden sie als Geiseln gehalten?«

»Nicht als Geisel. Man entführt sie und verlangt Geld für die Freilassung. Wenn der Entführte ein Offizier ist oder jemanden ganz oben kennt, bringt man ihnen das Geld, zumindest einen Teil davon. Wenn nicht, besitzt auch ein Toter einen gewissen Wert. Die Familie will doch ihren Toten würdevoll beerdigen. Manchmal zieht man es so durch.«

Wir tranken weiter.

»Unsere Kämpfer haben kaum Geld oder sonst was. Wie du weißt, ist Krieg. Das interessiert sie gar nicht. Sie machen Geld aus allem und jedem, so gut sie eben können.«

»Ja, aber unsere haben keine Tataren.«

»In Gegenwart der Russen werden sie darüber nicht reden.«

»Aber ich war doch schon vor denen hier. Ich kam gemeinsam mit den Jungs hierher, als wir vor diesen Mistkerlen geflohen sind.«

Walera wurde still, er schaute mich lange an, dann schenkte er Wodka nach und fragte mich scheinbar nebenbei:

»Willst du vielleicht bei mir einziehen? Wir könnten zusammen malen und so.«

»Ich weiß nicht.« Sein Angebot kam total unerwartet. »Es erscheint mir irgendwie undankbar. Sie haben mich aufgenommen, versorgt, sich um mich gekümmert und ich ... so plötzlich ...«

»Wie du willst. Ich hab es dir wie einem Bruder angeboten. Aber es hat ja keinen Sinn, wenn du sowieso bald von hier abziehst.«

Ich dachte sehr lange darüber nach, den ganzen Morgen. Ich hatte keine Ahnung, wann ich weggehen würde, wußte nur, daß der Hubschrauber in einigen Tagen wieder hier landen mußte. Diese Russen konnten schließlich nicht hier bleiben. Ich fühlte mich aufgewühlt, dazu vom Alkohol benebelt. Waleras Worte gingen mir im Kopf herum.

»Warum bist du mit unseren Jungs gegangen?« fragte Walera. Er fand heute anscheinend großen Spaß an meiner Befragung.

»Keine Ahnung. Es wurde geschossen, und ich wollte nicht sterben.«

Nur Ausreden. Der Ausdruck »keine Ahnung« macht mich noch wahnsinnig. Auf jede Frage kommt als Antwort »keine Ahnung«, »keine Ahnung«. Ich hab das Gefühl, wenn ich mich mit jemandem normal unterhalte, finde ich gar keine andere Antwort. Ich weiß wirklich nichts, kann über nichts nachdenken, wahrscheinlich bin ich nicht dafür geschaffen. Was für ein Halbidiot bin ich eigentlich?

Wir unterhielten uns lange. Der Maler Walera interessierte sich sehr für alles, vor allem für die Gandscha-Geschichten, für unsere Reise, für Gogliko. Was er nicht alles fragte! Er wollte sogar den Namen des Dealers wissen. Damals dachte ich, er wäre an Klatsch und Tratsch interessiert, aber nichts dergleichen. Er war ein Gauner, ein erfahrener Gauner. Wenn ich mich jetzt daran erinnere, kommen mir ständig alte amerikanische Filme in den Sinn. Dort gibt es immer solche Dialoge. Es war mit uns genauso. Aber damals dachte ich nicht darüber nach. Damals war mir noch nicht bewußt, daß es völlig egal ist, wie weit du wegläufst, vor deinem Leben kannst du dich nicht verstecken. Genau wie du in deiner Heimat bedrängt wurdest, geschieht es dir auch unter der fremden Sonne. Du wirst nirgendwo in Ruhe gelassen.

Später gingen wir raus, beide voll wie Strandhaubitzen. Walera war schon betrunken gewesen, als ich zu ihm kam. Ich fügte meinem Alkoholpegel von gestern noch ein tüchtiges Quantum hinzu, wie ein richtiger Säufer.

Dieses schokoladenfarbige Gesicht meines Kumpels, das wie ein Erdkunde-Atlas aussah, mit unzähligen Falten und ausgedünnten grauen Haaren ... Solche Typen gibt es haufenweise in den armenischen Vierteln von Tbilissi, sie arbeiten als Mechaniker in einer Autowerkstatt oder füllen in einer kleinen Bude am Straßenrand dein Feuerzeug. Aber Walera war anders, er war Maler, und ihm war alles egal. Er log nicht. Das war das Wichtigste. Das war das Beste an ihm, denn sonst war er ein sehr beschränkter Typ. Aber zugleich war er erfahren, routiniert, abgebrüht. Er hatte einen unglaublichen Riecher. Er ahnte vieles im voraus. Einige Zeit saßen wir still da. Dann stand er auf und setzte das Abmalen seiner Hügel fort. Er malte mit ganzem Herzen oder mit voller Hingabe, so sagt man das, glaube ich.

»Weißt du was, Bruder? Komm her und male auch!«

»Keine Ahnung. Was soll ich denn malen?«

»Hast du keine Verlobte? Mal sie!«

»Laß mich bloß damit in Ruhe!«

Wir lachten. Wie sollte ich dich malen, Jana? Wenn ich das könnte, würde ich das ganze Jahr über nichts anderes machen, nur dasitzen und malen, ohne ans Telefon oder vor die Tür zu gehen. Aber wie würde ich dich malen? Sieht die Nase ähnlich aus? Ja. Sieht die Stirn ähnlich aus? Ja. Noch Lippen und Kinn und so. Daraus wäre nichts geworden. Aber ich … Kurz gesagt, ich hatte keine Lust, mit dem knalligen Gelb zu malen.

»Als du hier reingekommen bist, hat dein Gesichtsausdruck mich an meine Jugend erinnert. Ich fühlte mich in jene Zeit katapultiert. Damals kiffte ich, dann ging ich in mein Atelier und malte. So sah mein Alltag aus. Dann haben wir eine Frau auf der Straße ausgeraubt. Sie ist vor Schreck beinahe gestorben. Man hat mich für sechs Monate in den Knast gesteckt. Wir brauchten doch eigentlich nur die Kohle für zwei Flaschen Schnaps. Wir wollten die Sau rauslassen.«

Er schien in seine Erinnerungen versunken. Er schluchzte, und es war klar, daß er sich nach etwas sehnte, das für immer verloren war. Er tat mir leid. Um ehrlich zu sein, mir hatten in meinem ganzen Leben nie so viele Leute leid getan wie während des letzten Jahres. Als ob ich in der Pubertät wäre.

Ich stand abrupt auf:

»Mal weiter, Walera! Ich gehe spazieren und komme dann wieder vorbei.«

Der Pinsel erstarrte in seiner Hand, und er schaute mich an. Irgendwie brüderlich.

»Wie alt bist du, Gio, mein Freund?«

»Vierundzwanzig«, lachte ich.

»Die ganze Welt gehört dir.«

»Klar doch.«

»Gio, du kannst auf mich zählen«, sagte er leise, mit zusammengekniffenen Augen.

Dann öffnete er die Balkontür und blickte zu mir.

»Da auf dem Schrank liegt ein Gewehr mit gekürztem Lauf und vier Patronen. Es gehört mir und ist dafür da, daß man es gebraucht. Ich will, daß du das weißt, Bruder.«

Wieder lachte ich. Ich dachte nicht, daß alles so schlimm war, obwohl betrunkene Phantasien mich überkamen.

»Du sollst das wissen, Bruder«, wiederholte er. Dann umarmten wir uns.

Ich war mitten drin in einem Film, »Zwei Tage in einem Sanatorium« oder etwas Ähnliches. In einem Film mit spannungsgeladener Musik.

Ich ging fort und lief wieder den Feldweg entlang in Richtung unseres Stabsquartiers. Ich wollte meine Traumfrau und ihre Kumpels sehen. Mir war nach einer Ausschweifung. Die Zweige der kleinen Bäume stachen mich ins Auge, doch ich kümmerte mich nicht darum. Ich war wieder der coole Typ.

Es war weder Sonne noch was anderes zu sehen. Es gab überhaupt keine Sonne mehr, und ich wollte auch nicht ins Stabsquartier zurück, aber was sollte ich denn sonst machen, ich konnte doch nicht wirklich zu Walera ziehen. Wie mir jetzt klar ist, wäre das viel schlimmer gewesen.

Eine Menge Zeug ging mir durch den Kopf: Der Anführer Rafik, ein Muskelprotz, Wartana mit seiner Brille, Armika, der Geschichtsforscher, der verwirrte alte Billardspieler, die Wächter mit ihren zerzausten Bärten, die Kerosinöfen und Zigaretten »Dwini«, die ziegenhaften Russen mit ihren Heftchen, die durchgeknallte Marinka, der Krieg, der Sieg und was weiß ich, ihre Panzer, ihre Schwindeleien und Angebereien, ihre trügerische Bruderschaft und so. Ihre kahlen Hügel ... In meinem Kopf herrschte ein richtiges Tohuwabohu. Ein Chaos. Und mein schöner weinfarbener Wagen, beschossen und zurückgelassen, der Rabauke Gogliko, verloren und zurückgelassen wie so vieles. Wir taten einander nicht gut, Walera und ich, aber das war nicht alles. Keine Ahnung, ob es an der Militärkleidung lag oder an etwas anderem, aber meine Gedanken wurden allmählich kämpferisch. Ich fühlte einen Energieschub. Ja, es war wegen Walera, ich weiß es ganz genau, denn sonst, ich allein ...

Ich rede zuviel. Ich ging in das Stabsquartier zurück. Ich beachtete weder das Klicken von Billardkugeln noch die im dunklen Korridor beschäftigten Typen, sondern ging gleich in mein Zimmer und warf mich auf die bunte Couch. Der blaubärtige Andranika schaute mir direkt in die Augen. Er nervte bereits. Was glotzt er die ganze Zeit? Was will er? Wika hat mir mal eine Geschichte erzählt von einem Miles-Davis-Poster, das er irgendwo aufgegabelt hatte, es stammte aus Frankreich. Die Augen von diesem Davis waren riesengroß. Sie jagten ihm Angst ein. Sie waren so eingesunken und glasig, daß schon der pure Gedanke an sie Wika in Angst und Schrecken versetzte, ganz egal, wie er sich davon abzulenken versuchte. Er konnte nicht mehr schlafen. Er lag im Dunkeln, die Augen von Davis leuchteten, und der Depp Wika zerbrach sich den Kopf darüber, wie die Welt so geordnet ist, bis er eines Tages das Bild abnahm und auf den Schrank warf. »Seitdem habe ich wieder meine Ruhe«, scherzte er im nachhinein, »ich schlafe und habe bunte Träume.«

Mein Andranika hatte keinen so suggestiven Blick, aber anstarren konnte er einen allemal, der verblichene General.

Wartana kam herein, setzte sich an den Tisch und begann zu schreiben.

»Gio, hast du keinen Hunger? Komm, laß uns was essen.«

»Nein«, sagte ich.

»Du fühlst dich nicht richtig wohl hier, oder? Ist dir hier langweilig?«

Fick dich, dachte ich, sagte aber nichts.

»Sag, wenn du gehen willst, und du darfst gehen, falls nicht etwas Dringendes ist. Denk nicht, daß hier jemand durch deine Anwesenheit gestört oder in seinen Handlungen eingeschränkt ist. Denk das bloß nicht. Wenn unsere Russen uns verlassen, kannst du mit ihnen gehen, wenn du willst.«

»Wann gehen sie?«

»In zwei, drei, vier Tagen. Mit dem gleichen Hubschrauber, mit dem sie hergeflogen sind.«

»Keine Ahnung. Wo soll ich hin, Wartana?«

»Ich glaube, daß muß nicht ich wissen.«

»Ich muß meine Sachen von den Tataren zurückkriegen. Unser kleiner Abstecher ist mich teuer zu stehen gekommen.«

Er lachte.

»Wie willst du sie dazu kriegen?«

»Ich kehre nach Tbilissi zurück und komme mit meinen Jungs her. Eine andere Möglichkeit sehe ich nicht.«

Ich redete Blödsinn.

»Das klingt ernst, Bruder«, sagte er plötzlich.

Ich war schon fest entschlossen, ihnen ihre armenische Suppe zu versalzen.

»In Tbilissi habe ich siebenundsechzig Kanarienvögel. Ich nehme sie alle hierher mit.«

Die Kanarienvögel hatten ihn verunsichert. Vermutlich dachte er, das wäre ein georgischer Slangausdruck. Es gab ein Polizeimotorrad der Sowjets, das »kanareika« oder so ähnlich hieß. Er wirkte jedenfalls mächtig beeindruckt.

»O Mann, wenn du die herbringst, wird es nicht gut enden.«

»Warum denn nicht?« Ich wurde noch dreister. »Sie werden

singen und singen, dann verkaufe ich sie auf dem Markt von Gandscha, und mit dem verdienten Geld kaufe ich mein Auto zurück.«

»Soll das ein Witz sein?« Er schien verwirrt.

»Wieso ein Witz? Ich hab eine Kanarienvögel-Farm auf Barbados. Du weißt doch, wo das ist.«

»Barbados?«

Barbados ist, glaube ich, eine Stadt oder Insel, dort ist es sehr heiß, und da leben die Schwarzen.

»Ja, Barbados. Frag Armika, und er wird dir bestätigen, daß da die Kanarienvögel herkommen.«

Der weise Wartana zündete eine Zigarette an und grinste.

»Du bist sehr schlau, Gio ...«

»Bin ich etwa schlauer als ihr?« Ich wurde plötzlich wütend und sah ihm direkt in die Augen. »Es geht dich nichts an, wo ich hingehe oder was ich mache, hast du mich verstanden?«

»Du ... Du weißt doch nicht, wohin. Ich meinte ...«

Ich ließ ihn nicht ausreden.

»Geh und verarsche die Russen! Verpiß dich und bescheiße die russischen Bastarde. Binde ihnen Bären auf und führe sie an der Nase rum, hast du mich verstanden?«

»Sag mal, hast du sie nicht alle?« Er war eigentlich noch ein Milchbubi. Dieser Krieg und die ganze Scheiße waren daran schuld, daß solche Kids an Waffen gekommen waren. Es ist zum Verrücktwerden.

»Verpiß dich und sag Rafik, daß ich den Russen nicht in den Arsch krieche, hast du verstanden?«

»Gio, Bruder ...«

»Ich bin nicht dein Bruder. Deine Brüder sind im Stall. Zieh Leine!«

Er stand auf und ging raus. Unterwegs schob er seine Brille zurecht.

So ist es gut.

Keine zwei Minuten später kam Rafik herein.

»Was ist los, Bruder?«

Er hatte ein zerstreutes Gesicht. Wahrscheinlich konnte er seine Gedanken nicht richtig ordnen.

»Bin ich ein Gefangener?«

»Bruder ...«

»Bin ich ein Gefangener?«

»Du bist mein Bruder.«

»Was geht es in diesem Fall die anderen an, wo ich hingehe oder was ich mache?«

Rafik setze sich hin.

»Bruder«, fing er das Gespräch schwermütig an und dachte zwischendurch lange nach. »Du bist mein Bruder, du mußt mit *mir* reden. Hier herrscht Krieg. Du kannst die Menschen hier nicht verstehen. Aber *mich* mußt du verstehen: Hier ist Krieg. Wenn er etwas zu dir gesagt hat, dann mußt du doch wissen, daß er dich nur warnen wollte. Er hat sich bestimmt etwas dabei gedacht.«

»Er soll denken, was er will, aber er fragt mich ständig aus, er schnüffelt mir die ganze Zeit nach, und was weiß ich.«

»Rede mit mir, Bruder. Willst du weggehen, dann mach es. Willst du lieber bleiben, dann bleib, trink und iß mit uns ...«

»Er soll zur Besinnung kommen«, sagte ich leise und ließ dann nebenbei fallen: »Ich ziehe ins Dorf. Ich will diese Fratze nicht mehr sehen.«

»Bruder, du bist mein Gast. Zumindest sehe ich das so. Aber wie du willst.«

»Hör auf, Rafik. Wartana läuft mir ständig nach und fragt mich, was ich vorhabe.« Ich wußte gar nicht, daß ich so überzeugend labern konnte.

Danach gingen wir in den Korridor, brüderlich wie gewohnt, mit um die Schulter gelegten Armen. Wie sich herausstellte, warteten im anderen Zimmer Tee und das Abendessen auf uns. Die Russen waren nicht zu sehen. Der Wasserkessel dampfte. Keiner war da außer einem schweigsamen Funker. Nach dem Essen wurde Tee serviert.

»Ist jetzt alles gut?« fragte Rafik.

»Ja«, antwortete ich leise.

Dann zündete ich eine Zigarette an und ging raus. Er kam mir gleich nach.

»Ruh dich aus, Bruder«, sagte er und ging in Richtung der Posten.

»Ich gehe Billard spielen«, rief ich ihm hinterher.

Es war wie üblich still und dunkel.

Ihr ahnt sicher, was danach passierte. Ihr wißt ja bereits, daß das Gelände um das Stabsquartier abends immer fast leer ist. Die Wachen haben 40 Minuten Pause und so. Nur die Posten an den Dorfeingängen und auf den Hügeln bleiben besetzt. Richtig geraten: Genau in diesem Moment ertönte das Stöhnen erneut. Wieder ein Stöhnen. Tagsüber konnte man es wahrscheinlich wegen des ganzen Lärms einfach nicht wahrnehmen. Das wird es gewesen sein. Erst jetzt verstehe ich es. Ich ging zu den Lagerräumen in den Hof. Vorsichtig, sehr vorsichtig, fast auf Zehenspitzen. Ich wußte bereits, woher das Stöhnen kam: aus einer Abstellkammer zehn Schritte vom Haus entfernt. An der Tür hing ein riesiges Schloß. Keine Fenster. Keine Bullaugen. Rein gar nichts. Danach verstummte es, als ob nichts gewesen wäre. Es wurde wieder still. Ich spürte die Kälte. Irgendwelche unerklärlichen Geräusche waren zu hören. Als ob Katzen oder andere Wesen herumschlichen. Keine Ahnung.

Ich drehte mich um und ging auf die Veranda.

Im Kopf war schon alles geplant. Auch hier wurde ich nicht

in Ruhe gelassen, auch hier geriet alles durcheinander, und ich wurde in den Wahnsinn getrieben. Noch zwei Tage, und das war's. Wieso war ich also überhaupt hierhergekommen? Was hatte ich mir dabei gedacht? Ich war hoffnungslos, ein hoffnungsloser Idiot. Das war nicht meine Sache, nicht mein Terrain. Ich fühlte mich wieder allein. Ich hing mit einer Kippe im Mund rum. Ich hing einfach nur rum.

Ich hatte überhaupt keine Hoffnung.

Ich konnte auf niemanden zählen. Wieder mal. Wieder und wieder war ich ganz allein, wußte nichts, konnte nichts tun.

Ich ging rein und warf mich auf die Couch. Und dachte wieder an Jana.

Ich rauchte noch eine von den armenischen Zigaretten. Ich zog die Jacke aus und warf sie auf den Stuhl. Die Handgranate fiel aus der Tasche und rollte über den Boden. Zum wievielten Mal heute? Als ob sie meine Aufmerksamkeit auf sich lenken wollte. Es war Mystik pur. Ich sprang wie verrückt auf, fand sie und legte sie unter meinen Kopf. Dann erinnerte ich mich an Walera und das Gewehr, Walera, seine gelben Hügel und sein leckeres eingelegtes Gemüse.

Ich hatte schon einiges beschlossen, aber dieses Stöhnen und Seufzen brachten mich wieder durcheinander. Ich spürte jemanden an meiner Seite. Es war Walera. Keine Ahnung, ob ich es mir einbildete oder ob er wirklich da war, auf jeden Fall half er mir sehr. Wenn ich jetzt darüber nachdenke, war er wirklich bei mir.

Ich lag eine Stunde auf dem Bett. Dann stand ich auf, zündete eine Zigarette an und trat in den Korridor. Alles war bereits im Kopf, alles war geplant. Bis dahin hatte ich gedacht, das Leben bestehe aus Kommen und Gehen und ein bißchen gegenseitiger Zuneigung, und vermutlich war das auch irgendwo so – für andere, bei mir sah es ganz anders aus.

Was für furchtbare Sachen sich das Gehirn manchmal ausdenkt …

Auch das wußte ich bereits, aber ich dachte nicht, daß auch mein Hohlkopf und mein Gehirn zu so etwas in der Lage waren. Wo war Gogliko, wenn ich ihn brauchte? Aber jemand anderes war da, mein Kumpel mit den Pinseln.

Ich klopfte an die Tür der Freien Presse.

»Herein«, kam die Antwort.

Ich machte die Tür auf. Die Jungs, Mischa und Slawik, waren mit Schreiben beschäftigt. Die durchgeknallte Marinka saß mit verschränkten Beinen und in viele Schichten von Kleidung gehüllt auf dem Bett. Es war ziemlich kühl.

»Hey, Jungs«, grüßte ich sie lässig.

Sie grüßten zurück, legten ihre Notizbücher weg und starrten mich an.

»Marinka, kannst du für zwei Minuten mitkommen?« Ich schaute sie an und lächelte.

»Was ist los?« fragte sie, als ob am vorigen Abend gar nichts gewesen wäre.

»Nichts Besonderes. Eine Bagatelle.«

»Wie äußerst charmant du bist.«

»Marinka«, wandte sich Slawik tadelnd an sie. Vermutlich war er ihr Freund, denn er machte ständig solche Bemerkungen.

Sie stand auf, und wir gingen in den Korridor.

So mußte es laufen. Anders ging es nicht.

## 7.

Sein oder Nichtsein? Natürlich Sein!

Keine Ahnung, ob ich im Traum Hamlet getroffen hatte. Ich konnte mich an den Traum nicht erinnern. Als ob der Schlaf nur eine Sekunde gedauert hätte. Zack-zack, und ich wachte wieder auf. Das war nichts Merkwürdiges, wenn man bedenkt, wieviel ich vor dem Schlafengehen geredet und mich angestrengt hatte. Ich hatte geschuftet. Ich hatte zum ersten Mal in meinem Leben geschuftet. Dann schlief ich nach der langen Arbeit ein. Es war die erste Angelegenheit, die ich wirklich ernstgenommen und gemeistert hatte. Dazu noch eine so wichtige Angelegenheit. Wahrscheinlich, weil sie mich betraf. Es ging um mein Leben und meinen Tod. Das ist keine Übertreibung. Ich wußte schon Bescheid. Sie würden mich irgendwo auf dem verschneiten Hügel so verscharren, daß sogar der KGB-Chef mich nicht gefunden hätte, geschweige denn Tengiz Mikatadze und seine Adler. Genau so war es, und obwohl ich bis heute keine handfesten Beweise für meine Theorie habe, kann mich keiner vom Gegenteil überzeugen. Für Rafik war ich ebenso ein Gefangener wie die Typen, die im fensterlosen Schlund eingesperrt waren. Schaut her, verdammt noch mal, als wir von den Tataren abhauten, hat er mich fast mit Gewalt ins Auto reingepreßt. Weil gekämpft wurde, sah das aus, als wollte er mir einen Gefallen tun. Gogliko ist geblieben. Wieso hat er mich nicht gerufen? Wer weiß? Vielleicht hat er gedacht, daß man so etwas selbst raffen muß. Wir sind beide Vollidioten. Ich hatte Rafik doch selbst alles erzählt, als wir in der Zelle saßen. Er dachte dann natürlich, wieso sollten die Tataren Geld mit mir verdienen, und nahm mich mit. Er hatte versprochen, einen Eilbrief zu mir nach Hause zu schicken und mich nach meiner Adresse gefragt, so für alle Fälle. Ich wurde in diesem abgelegenen Kaff festgehalten. Wenn man mich gesucht und gefunden hätte, hätte er eine Belohnung für mich verlangt oder mich woanders versteckt und Lösegeld von Tengiz bekommen. Es wäre sehr schwer gewesen, mich zu finden. Vielleicht klingt das alles jetzt unglaubwürdig, ich bin ja schließlich nicht Agatha Christie und auch kein Geschichtenerfinder. Es sah aber alles danach aus und basta. Rafik bekam jedesmal solche Angst, wenn ich mich entfernte oder mich mit jemandem unterhielt, daß man was merken mußte. Er wollte mich die ganze Zeit in seiner Nähe wissen. Er, der angebliche Freund und Beschützer, sah mein Auto, die teuren Klamotten und so und schnallte gleich, welchen tatarischen »Freund« ich besuchen wollte. Er erzählte mir irgendwelche Ammenmärchen über die Afghanistan-Kämpfer, aber er war eine sowjetische Mißgeburt, und damit ist alles gesagt. Und wie freundlich er immer zu mir war! Wenn er so ein »Bruder« war, wieso hielt er vor mir geheim, wer in diesem Lagerhaus stöhnte? Alle wußten, daß für mich Geld verlangt werden sollte. Ähnlich wie für irgendwelche Tataren. Auch Wartana wußte Bescheid. Gleichzeitig umarmten sie mich pausenlos, aus Angst, ich könnte was kapieren. Als dieser Wartana mir nachgelaufen ist ... Nein, sie würden mich garantiert in ein tiefes Loch verbuddeln. Ganz sicher. Erst würden sie mich ein paar Tage beobachten und dann in eine Grube werfen. Man ließe mich niemals mit diesen Russen wegfliegen. Unmittelbar vor ihrer Abreise würden sie mich verstecken. Dann ginge alles richtig los. Ich bin ein verdammter Dummkopf. Damit ist es jetzt vorbei. Ich werde abhauen, von ihm, von allen hier, ich werde abhauen und für mich sein. Ich werde mich befreien. Aber wie befreien, in Karabach? Hier gibt es nicht mal genügend Bretter für die Särge, und hier willst du Freiheit finden? Hier wirst du alles und jeden vergessen? Wer läßt dich das machen, diese abgebrühten Guerillas? Sie verteidigen zwar ihr Land oder so ein Bullshit, aber gleichzeitig wollen sie auch Geld machen. Es geht nicht mehr um Heimat, sondern ums Geschäft.

Im Krieg mußt du töten, nicht wahr? Du überfällst, entführst und verlangst dann Lösegeld. Entweder für einen lebendigen oder für einen toten Gefangenen. Ist das Krieg? Das ist kein Krieg, sondern eine Genossenschaft. Die armenisch-tatarische kaukasische Genossenschaft. Erst zerstören wir die Häuser der anderen, töten ihre Frauen, entführen ihre Kinder, und dann erpressen wir ihr Geld. Mit dem Geld kaufen wir Gewehre und Handgranaten und beschießen damit gegenseitig unsere Häuser. Die ziegenbärtigen russischen Journalisten schleppen sich hierher, diese Demokratieleuchten der Freien Presse, und schreiben über uns Bücher, laufen mit Kameras mutig im Gefecht herum und so. Das ist unsere Geschichte von heute. Der Russe erzählt sie, und er macht es nach seiner Vorstellung und wie es ihm gerade paßt. Heute wirst du gelobt, morgen der andere, übermorgen der Dritte und so weiter und so fort.

Solche Gedanken kamen mir in den Sinn.

Von Armeniern entführt und so. Sie haben mich auf armenische Art an der Nase herumgeführt, als ob sie mir helfen wollten. Diese Dreckskerle!

Zum erstenmal in diesen vier Tagen schämte ich mich vor Gogliko; wo hatte ich ihn zurückgelassen, warum und wie ...?

Wie gesagt, ich hatte in der Nacht die Vorarbeit geleistet. Ich hatte mir Goglikos Zunge ausgeborgt und unserer hochgeschätzten Marinka den Kopf verdreht. Sie war alles andere als eine Traumfrau, sah mehr wie eine lahme Stoffpuppe aus, doch im Bett ging sie richtig ab. Wie eine Rakete. Sie brachte mich total aus der Puste. Mehr, schneller, weiter, schneller. Ich hatte kaum Zeit für eine Zigarette zwischendurch. Ich erzähle abscheuliche Details, aber so ist es nun mal. Wenn du etwas anfängst, mußt du es auch zu Ende bringen.

Irgendwann waren wir fertig. Vermutlich hatte ich sie endlich zufriedengestellt, zumindest sah es so aus.

»Laß mich mal ziehen«, sagte sie plötzlich. Sie lag auf meinem Arm und rauchte direkt aus meiner Hand.

»Wann reist ihr ab?« fragte ich.

»Wahrscheinlich in vier Tagen.«

»Nach Jerewan?«

»Was hab ich in Jerewan verloren? Wir ziehen zu einer Militäreinheit, zu unseren Leuten.«

»Wer sind eure Leute, die Armenier oder die Russen?«

»Meine Leute sind in Israel«, lachte sie. Sie sah wirklich wie eine nasse Stoffpuppe aus. Sie war nicht mal imstande, mit den Augen zu zwinkern. Auch ich war völlig entkräftet, aber dieses freundliche Gequatsche war für die Sache notwendig.

»Hast du was gemacht? Gute Bilder und so?«

»Mehr oder weniger. Nichts Bedeutendes. Was soll ich denn fotografieren, Gesichter? Ich kann diese stoppeligen Fratzen nicht mehr sehen.«

»Hat deine Kamera ein Nachtobjektiv?«

Sie lachte wieder. »Bist du in der ersten Klasse?«

»Was weiß ich. Bei euch ist doch alles möglich.«

Wir verstummten. Mich überkam ein heftiges Schlafverlangen, aber mir blieb sehr wenig Zeit, also dachte ich nach. Ich war wie benebelt. Ich spielte Casanova, ihr kennt doch den Film von Fellini und so. Auch dort gibt es eine solche Puppe, die er richtig rannehmen muß.

»Ich stehe auf«, sagte sie, dann gab sie mir einen solchen Kuß ... Zur Hölle mit ihr!

Sie war eine richtige Teufelin. Mir blieb ein Rätsel, wo sie so viel Energie schöpfte. Sie stand auf und zog ihren Pulli an.

»Soll ich dir ein gutes Motiv liefern?«

Sie schaute mich an, so nach ihrer Art und Weise, irgendwie psychotisch, wie sie selbst auch war. Vermutlich dachte sie, daß ich ihr etwas Obszönes zeigen würde.

»Was willst du?«

»Bin ich ein böser Junge?« Ich begann wieder anzugeben.

»Ihr seid nicht so leicht zu durchschauen«, sagte sie und setzte sich ans Ende der Couch. »Was für ein hartes Bett!«

»Also soll ich dich etwas knipsen lassen?«

»Was soll ich denn fotografieren? Laß mich in Ruhe damit!«

»Wozu bist du sonst hergekommen? Du brauchst doch mindestens eine erstklassige Aufnahme. Oder willst du die Fotos von mir und Armika in deinem Buch abdrucken?«

»Was willst du von mir?«

Ich setzte mich auf und machte vermutlich ein todernstes Gesicht. Die Nacht war hell, und in diesen Schatten kam ich ihr wahrscheinlich wie ein Politbüromitglied vor, so wie ich sie als Puppe sah. Das lag an meinem Gesichtsausdruck. Ernst, grimmig, eine richtige Politfratze.

»Hör mal zu, magst du die Armenier oder die Tataren lieber?«

»Ich mag eher die Georgier, wenn sie nur nicht so dämlich wären.« Sie lachte wieder. Sie hüpfte von einem Bein aufs andere.

»Hör zu, ich kann dir wirklich helfen. Wenn du willst, kann ich dir über Sachen berichten, wie sie dein jämmerliches Buch wirklich braucht. Soll ich dir helfen?«

»Wobei willst du mir helfen? Als ob du nichts Besseres zu tun hättest. Gestern hast du mich rausgeschmissen. Heute hast du mich gevögelt. Und jetzt willst du mir helfen?«

Sie zog sich weiter an. Wieso sie überhaupt mit mir schlafen wollte, weiß ich nicht. So sind sie eben.

»Ich gehe.«

»Sieh zu, daß die Jungs dich nicht beschimpfen.«

Sie lachte. »Wenn was ist, sag ich dir Bescheid, und dann jagst du ihnen Angst ein. Darin bist du ja Profi.«

Sie blieb stehen und schaute mich lange Zeit an. »Ich verstehe immer noch nicht, was du hier eigentlich machst.«

»Bereite die Kamera vor. Du mußt fotografieren«, wiederholte ich.

»Gut, ich gehe.«

Und sie ging. Sie war eine Idiotin, eine richtig blöde Kuh. Dabei konnte sie so dumm nicht sein, wenn sie für eine angesehene Zeitschrift arbeitete. Aber man konnte nicht mit ihr reden.

Auch ich stand auf, wickelte mir Janas Tuch um den Kopf und begann mich anzuziehen. Vielleicht sollte ich es gar nicht erwähnen, aber seitdem ich hier war, hatte ich keinen Stuhlgang. Ich schleppte alles mit mir herum, und langsam fingen die Exkremente an, sich mit meinem Charakter zu vermischen.

Ich ging in das große Zimmer. Es war menschenleer. Der heiße Wasserkessel stand da, aber ich wußte nicht, wo der Tee lag. Alles wird hier versteckt. Ich sah allmählich wie ein Waldmensch aus. Auch der gewachsene Bart nervte mich. Als ob ich tatsächlich Guerilla-Kämpfer wäre, mit Bart …

Draußen schien wieder die Sonne. Auch das ging mir auf den Wecker. Dieses warme Wetter verdarb mir die ganze Ruhe. Was ich zu tun hatte, wußte ich bereits.

Ich trat in den Hof. Die Armenier gingen auf und ab. Von meinen Brüdern war keiner dabei, wahrscheinlich kümmerten sie sich gemeinsam um irgendwelche strategischen Angelegenheiten. Als ob sie wirklich Profis wären. Deshalb konnte meine Oma sie nicht ausstehen. Ich persönlich bin mit Armeniern nur ein einziges Mal in Konflikt geraten. Das geschah in der Nähe von Dagomisi. Meine Freunde und ich kriegten Krach mit einer Gruppe von denen. Dabei wurden vier Armenier verletzt und nur zwei von uns. Die russische Polizei nahm uns fest – diese Polizei wünsche ich nicht mal meinem ärgsten Feind an den Hals, sie ist von unserem georgischen

Geld verwöhnt. Es hat damals eine Menge gekostet, die Wogen zu glätten. Alle Väter kamen und brachten viel Bargeld mit. Tengiz war extra meinetwegen gekommen und brachte ein paar seiner Freunde mit. Wir hatten eine coole Clique. Nur Gogliko, der arme Hund, hatte niemanden, der ihn auslösen konnte oder wollte. Diese Hurensöhne wollten ihn wegen des Geldes für die Schaufenster behalten. Doch wir konnten ihn später rausholen. Ansonsten hatte ich mit Armeniern nichts am Hut. Wir haben mal gemeinsam ein Restaurant demoliert, das war's!

Aber hier ...

Nein, ich bin ein echter Vollidiot, ich verstehe nichts von der Welt. Wieso hab ich mich in dieses Schrottauto reingequetscht?

Ich verließ den Hof und folgte dem Weg ins Dorf. Wieder ging ich an dem Geschäft vorbei. Die verschneiten Hügel glänzten unverändert. Nicht mal der Anschein von Tauwetter.

Auf dem Balkon von Waleras Haus war das fertige Gemälde aufgestellt. Es sah wie mit Mandarinenmarmelade übergossenes Eis aus. Nicht mal die Dorfhäuser waren zu sehen. Wenn er wenigstens einen Baum darauf gemalt hätte! Aber ordentlich gearbeitet hatte er immerhin. Es war sichtlich der hiesige Himmel, aber bei schlechtem Wetter – gemalt mit Orange und Weiß. In Wirklichkeit schien die Sonne auf die Hügel. Er war ein netter Kerl, aber offenbar hatte er es in seinem Beruf nicht besonders weit gebracht. Die Malerei war ihm ein Buch mit sieben Siegeln geblieben. So geht's uns beiden: Wir sind gute Typen, aber handwerklich gelingt uns nichts. Sogar von dem, was wir gelernt haben, haben wir keine Ahnung. Wir stürzen uns auf eine Sache, und egal ob sie uns gelingt oder nicht, wir bleiben dabei.

Mein Malerkumpel war in seinem Zimmer. Er lag auf dem

Bett und schlief mit dem Gesicht gegen die Wand. Er war so zusammengekrümmt, daß er gerade mal ein Dutzend Zentimeter groß zu sein schien. Ich spritzte Kerosin in den ausgegangenen Ofen und zündete ein Feuer an. Dann begann ich mir die Bücher anzuschauen. Ich blätterte alles durch, was auf russisch war. Ein paar Abenteuerromane, aber auch Gedichte von Puschkin – gute Gedichte, aber ich war nicht in der Stimmung, sie zu lesen. Ich war in einem so üblen Gemütszustand, daß weder Puschkin noch die ganze russische Dichtkunst mich da rausholen konnten. Ich machte mir Sorgen. Es war erst Morgen, und ich war schon in Panik. Immer noch hoffte ich auf etwas, vermutlich auf Walera. Aber der war doch auch einer von ihnen. Es war irgendwie dazu gekommen, daß wir uns gut verstanden. Keine Ahnung, warum. Er mochte an mir vielleicht etwas, das ich nie hatte. Und ich mochte vermutlich etwas an ihm, das er selbst haßte. Und jetzt, in seinem chaotischen Zimmer sitzend, dachte ich darüber nach, daß ich eigentlich nirgendwohin gehen wollte. Ungeachtet Rafiks Hinterlist wollte ich hier bleiben. Ich wollte genau so ein Haus, genau so einen Ofen und genau so einen Bücherstapel in der Ecke stehen haben. Alte Literflaschen, die verblichenen, in schwarze Rahmen eingepaßten Fotos und die Stille, diese wunderbar neblige, blaue Stille. Ich wollte auf dem Balkon mit fehlender Balustrade die letzte Zigarette vor dem Schlafengehen rauchen und bei Vollmond an Jana denken.

Das war alles. Aber auch hier ließ man mir keine Ruhe.

Die Freiheit und das Alleinsein waren zwar gut, aber nicht mehr, seit ich mich als Gefangener von Guerillas fühlte. Mir erging es genauso wie in Tbilissi. Dort war ich von Tengiz und den Jungs abhängig, hier von Rafik und dem vieräugigen Wartana.

Alles wie immer. Ich war in derselben Lage wie zu Beginn

der Fahrt nach Gandscha. Vielleicht ein bißchen mehr Herr der Lage. Aber alles war zufällig passiert; darüber hatte ich oft nachgedacht. Wie oft hatte ich mir was anderes erhofft und erträumt? Wie oft! Jetzt fing alles von vorne an, und ich hatte keine Ahnung, was da eigentlich anfing. Nichts von allem war je von mir initiiert worden. Immer folgte ich jemandem, nie war ich der Anführer. Nun war dieser Jemand wahrscheinlich Walera. Der saufende Maler. Nein, er war kein Typ, der einen inspirierte. Er war einfach jemand, der es mit Faulenzen, Sorglosigkeit, Anarchismus und ähnlichem Scheiß geschafft hatte, mich an sich zu binden. Ich sah klar, daß ich genauso leben müßte wie er. Gleichzeitig dachte ich von hier zu fliehen und spürte den bitteren Geschmack des Krieges im Mund. Ich hatte keine, wirklich keine Ahnung, wie solche Sachen abgezogen werden. Ich hatte zwar einen Plan, war aber dennoch besorgt. Es gab auch gute Gründe dafür.

Schließlich wachte er auf.

Ich war echt fix und fertig.

Er drehte sich langsam um und streckte sich. Die dünne Decke, die um seine Taille gewickelt war, schob er weg und schaute erst auf mich, dann auf seine ganze Bude. Er strich mit den Händen über sein schokoladenfarbenes Gesicht und griff nach der beigen Samtkappe.

»Hast du das Bild zu Ende gemalt?« fragte ich.

»Ja.«

Er wusch sich das Gesicht mit Wasser aus einem großen Topf und trocknete es anschließend mit der Bettdecke ab.

»Ich bin richtig gut ausgeschlafen.«

»Schlafen ist immer gut. Ist dein Bild ganz fertig?«

»Ja, ist es. Als du weggegangen bist, habe ich weiter gemalt und mich erst dann hingelegt. Gefällt es dir?«

»Gut, daß du es fertig gemalt hast.«

»Ja, es ist gut. Hör mal, haben deine Leute was zu rauchen? Vielleicht könnten wir was für uns holen.«

»Keine Ahnung. Ich habe nicht drauf geachtet.«

»Dann achte drauf, Bruder. Sie haben immer was zu kiffen.«

Wieder kam mir eine alte Geschichte in den Sinn.

Einmal nahm Gigi Abaischwili Gogliko und mich auf eine Expedition mit, auf eine archäologische Expedition nach Duscheti. Wir mußten es neun Tage dort aushalten, in einer Art Schullandheim, dann sind wir nach Tbilissi ausgebüxt. Wir waren fast umgekommen vor Langeweile.

Ich war seit zwei Tagen wieder in Tbilissi, als ich Gurtschik begegnete, einem uralten Junkie. Wie geht's dir, was machst du so? Wir quatschten ein bißchen, und ich erzählte, daß wir in Duscheti gewesen waren. Auf einer Expedition.

»Im Gebirge und so?« fragte er.

»Genau.«

»Da gibt es eine Menge Mohn, Junge, habt ihr keinen Mohn gesehen?«

»Nein«, antwortete ich. »Was für Mohn?«

»Ihr glaubt uns nichts mehr, und selbst wißt ihr auch nichts.« Er sagte es mit solchem Bedauern in der Stimme, daß ich befürchtete, er könnte umkippen und sterben. »Wenn ich nur dort gewesen wäre!« fügte er hinzu und ging taumelnd fort. Er war von der gleichen Sorte wie Walera.

Ich stand auf und trat ans Fenster.

»Walera«, ich fand mit Mühe die Worte, »ich gehe.«

»Wann?« fragte er mit einer gewissen Verwunderung.

»Heute«, sagte ich und wurde auf einmal schwermütig.

»Kommt der Hubschrauber?«

»Nein. Ich gehe allein. Ich will nicht hier bleiben.«

Wir setzten uns vor den Ofen und rauchten.

»Haben sie dich vergrault?«

»Sie haben mich verarscht.« Obwohl ich was völlig anderes sagen wollte, rutschte mir dieser Satz raus.

Er dachte so lange nach, als ob es um Krieg und Frieden ginge.

»Ich habe es geahnt, Bruder. Vielleicht habe ich das selbst angezettelt«, sagte er. »Hier ist Krieg, und die Leute machen Kohle damit. Obwohl, wer weiß, vielleicht ist da nichts dran.«

»Sie haben Tataren.«

»Habe ich doch gesagt.«

Dann verstummten wir beide.

»Ich würde auf jeden Fall gehen. Auch wenn nichts dergleichen wäre.«

Warum vertraute ich ihm so sehr? Die Antwort darauf weiß ich bis heute nicht. Vermutlich, weil ich Typen wie ihn kannte. Wieso sollte er jemandem was sagen, wer hätte ihn gefragt? Obwohl sie schon wußten, daß ich ihn öfters besuchte. Sie wußten es hundertprozentig. Aber man sah in ihm bestimmt nur einen fingerlosen, saufenden Maler. Obwohl auch Leute aus seinem Dorf bei diesen Freiwilligentrupps waren, wurden sie sicher nicht nach mir befragt. Vom Geld, das man mit mir verdienen wollte, hätten sie sowieso nichts abgekriegt.

Er wollte weg, er selbst wollte weg, und ich konnte nicht nachvollziehen, warum er nicht ging. Er war in dieser Stille und Behaglichkeit untergetaucht und konnte sie nicht mehr ertragen.

Ich wollte nirgendwohin und wurde zur Flucht gezwungen. Mein Glück, daß ich zumindest eines im Leben gut beherrsche: Autofahren.

»Walera, ich brauche die Waffe.«

Er stand auf und machte die Zigarette am Ofen aus.

»Es wäre Irrsinn, damit hier rumzuballern, Bruder. Sie knallen dich ab.«

Bis dahin hatte ich irgendwie gar nicht über meine durchlöcherte Fratze und so nachgedacht. Ich hoffte auf die demokratischen Journalisten von der Freien Presse. Alles war sorgfältig durchdacht und vorbereitet, aber ... Ich mußte mich einfach an meinen Plan halten, und sie würden mich nicht abknallen. Ganz im Gegenteil. Sie würden mich zu jedem Wachposten begleiten, bis ich mich von allen verabschiedet hatte.

»Ich werde nicht schießen. Ich habe schon eine Waffe. Deine brauche ich für meinen Plan.«

»Wie du meinst.«

Er ging zum Schrank, stellte sich auf den Hocker und holte das in einen weißen Sack gehüllte Gewehr runter. Dann legte er es auf den Tisch und packte es aus.

»Es ist eine Familienreliquie, ich hab es von meiner Oma geerbt. Damit wurden im Jahre 1918 eine Menge Tataren getötet«, sagte er stolz.

Und jetzt wollte ich diese Waffe gegen Armenier richten. Er war doch auch ein Armenier. Aber er hatte etwas, was alle vereint. Diese Gauner der alten Schule sind echte Internationalisten. Sie sind auf der Seite derjenigen, bei denen sie die Wahrheit vermuten.

Der Sack entpuppte sich als weißes Laken, und es war ein Leichtes, das Gewehr im Hosenbund zu verstecken. Der Lauf war abgetrennt, der Kolben trug viele Kerben, und im Magazin steckten vier Patronen. Vier. Und für meine Sache bräuchte ich nicht mehr als eine. Wenn ich alles richtig machte, vielleicht gar keine.

»Was für eine Waffe hast du denn noch, Junge?«

Ich nahm die Handgranate aus der Jackentasche.

»Das hier.«

Walera schaute mich an.

»Wie sieht dein Plan aus, Bruder?«

»Keine Ahnung. Irgendwie.«

»Wie schaffst du es, aus dem Dorf zu entkommen?«

»Ich schaffe es, Walera. Laß mich nicht zuviel quatschen. Es bringt Unglück.«

Das schien ihm zu gefallen. »Richtig. Wir sind uns einig, Bruder, schau, daß du den richtigen Weg findest.«

Ich steckte das Gewehr in meinen Gürtel auf die rechte Seite und knöpfte die Jacke zu.

»So könntest du auch eine Schweizer Bank überfallen«, lachte Walera, und plötzlich wurde mir klar, daß wir uns zum letzten Mal sahen.

Wir verstummten.

»Komm«, sagte er schließlich.

Wir umarmten uns. Er reichte mir gerade bis zu den Schultern. Ich war kurz vorm Heulen.

»Du weißt doch, Bruder, wenn wir woanders wären, würden wir die ganze Sache zusammen durchziehen.«

»Ich weiß.«

»Ich wäre mitgegangen.«

»Drüben sind Armenier nicht willkommen.«

Wieder umarmten wir uns. Wir brachten mit Mühe noch ein paar Worte raus.

Er begleitete mich auf den Balkon, und als ich in den Garten ging, hörte ich wieder seine leise, heisere Stimme:

»Hals- und Beinbruch!«

Ich konnte mich nicht mehr umschauen, also machte ich nur eine Handbewegung und kletterte über den kaputten Zaun.

Walera, mein merkwürdiger Kumpel, in einem abgelegenen Dorf in Karabach eingenisteter höchst durchschnittlicher Maler, Säufer und Hitzkopf, Greis und Jüngling, frei von allem, zur Ruhe gekommen und gelangweilt. Es war aus.

Nun lag ich wieder auf meiner Couch und starrte den blauen Schnurrbart von Andranika an. Ich lag und wartete auf den Abend. In meinem Kopf herrschte ein Wirrwarr. Ich war kurz vorm Durchdrehen ... Ich mußte ausgerechnet den elendsten und armseligsten Menschen angreifen, aber ich sah keinen anderen Weg. Alles war besser, als auf einem namenlosen Hügel unter dem Schnee zu liegen. Vor dem Tod hatte ich irgendwie keine Angst, auch nicht davor, daß sie auf mich schießen würden; ich kannte den Pulvergeruch einer hinter mir abgeschossenen Gewehrkugel schon. Ich hatte mir etwas Tolles ausgedacht. Sie würden nicht mal begreifen, was passiert war. In solchen Situationen träumen die Menschen in der Regel, aber ich hatte keine Träume. Ich hätte mich hier wunderbar gefühlt, wenn es dieses Stöhnen, ihre Ammenmärchen und die scheinheilige Freundschaft nicht gegeben hätte. Sie hatten mich die ganze Zeit an der Nase herumgeführt ... Dann schlief ich ein und wachte mit einem Schreck auf. Es dämmerte bereits. Aus meinem Fenster war eine alte Kanone zu sehen, die auf einem der Hügel stand.

Ich knöpfte die Jacke zu. Dann band ich Janas Tuch um den Kopf, steckte die Sonnenbrille in die Tasche, wickelte die Handgranate in das Taschentuch und steckte das Gewehr in den Gürtel. Ich war bereit!

Ich stand auf und ging in das andere Zimmer. Ich hatte nicht vor, jemals zu meiner bunten Couch zurückzukehren. Alles war schon entschieden. Basta. Am Tisch saßen Wartana, Marinka, Mischa und zwei Kämpfer. Sie tranken Tee, und Wartana »bearbeitete« die Russen, obwohl die Jungs nicht so leichtgläubig aussahen. Sie waren zwar Idioten, aber um auf Wartanas Lügen hereinzufallen, mußte man schon ein richtiger Hohlkopf sein. Anfänglich befürchtete ich, daß diese blöde Kuh mich danach fragen könnte, was ich ihr fürs Fotografieren zeigen wollte. Aber dann beruhigte ich mich, denn sie sagte kein einziges Wort, sondern sah mich wie üblich nur einmal kurz an und richtete dann ihre ganze Aufmerksamkeit auf ihr Glas. Ein Hoch auf die idiotischen russischen Journalisten! Manchmal können sie von Nutzen sein, sogar ohne ihre Kameras, Kugelschreiber und Aufnahmegeräte. Sie sind nützlich so, wie sie zur Welt gekommen sind. Aus politischen Gründen und so, verstehst du?

Ich hing dort zwei Stunden ab. Dann klopfte ich Wartana auf die Schulter, als ein Versöhnungszeichen oder was weiß ich, ich kann mich nicht mal richtig daran erinnern. Vor Aufregung rauchte ich Kette. Bis die Armenier das Zimmer verließen, war an eine Aktion nicht mal zu denken, ich konnte weder mit Marinka sprechen noch was anderes machen.

Schließlich schaffte ich es, sie in den Hof zu lotsen.

»Bereite deine Kamera vor. Der Augenblick nähert sich.«

»Was für ein Augenblick?«

»Erinnerst du dich nicht? Ich habe es doch erst gestern erzählt?«

»Gestern ... Was soll ich denn fotografieren?«

»Hör zu, sag deinen Brüdern kein Wort«, ermahnte ich sie, obwohl es scheißegal war, ob sie was sagte oder nicht.

»Was hast du dir ausgedacht? Wieder einen neuen Unsinn?«

Ich ließ das Schweigen für mich sprechen.

»Ich mache es doch für dich«, sagte ich und schwieg wieder.

»Komm, sag es, sonst gehe ich.«

»Dann geh!«

»Ja, ich gehe und werde in meinem Zimmer sein.«

»Meinetwegen gern.«

»Los, spann mich nicht auf die Folter, sonst bin ich weg.«

»Wenn du ein braves Mädchen bist, lasse ich dich heute nacht Tataren ablichten.«

Ihre Augen weiteten sich, und sie leckte ihre farblosen Lippen.

»Welche Tataren?«

»Die aserbaidschanischen Tataren, die zwanzig Schritte von hier entfernt festgehalten werden. Sobald ihr weg seid, werden sie umgebracht und verbrannt. Dann verlangt man von den Verwandten für jeden Knochen zwanzigtausend. Was, glaubst du mir etwa nicht?«

Einige Zeit war sie still. »Natürlich glaube ich dir. Solche Dinge passieren wirklich. Die Jungs haben es schon gesehen. Auch die andere Seite macht so was.«

»Wirst du fotografieren?«

Sie nickte. »Warum machst du das?« Wenn sie das wüßte ... »Du bist doch ein Freund von Rafik?«

»Ich bin ein Kreml-Agent.« Mir kam ein oft gehörter Satz ins Gedächtnis. Ich lachte. Sie schaute mich verdutzt an.

»Wie spät ist es?« Ich blickte auf ihre Uhr. »Wir treffen uns in anderthalb Stunden draußen.«

Alles war gut gelaufen. Es gab nichts zu meckern.

Nun mußte ich zur Tat schreiten. Ich stand im Hof und rauchte eine Zigarette nach der anderen, wie um mich von dem Ort zu verabschieden. Plötzlich fuhr ein Militärwagen vor, mit der ganzen Schar von Ober-Mistkerlen, angeführt von unserem afghanischen Tiger Rafik.

»Bruder, du siehst irgendwie gelangweilt aus.« Er kam mit einem glänzenden Maschinengewehr in der Hand ausgerechnet auf mich zu. Im Gürtel steckte eine komplett nutzlose Makarow-Pistole neben ein paar Handgranaten.

»Er denkt an seine Heimat«, lachte mich einer an. Der Hurensohn. Seinen Namen kannte ich nicht, aber er war hundertprozentig ein Teilhaber – Teilhaber am Lösegeld für mich.

»Wie spät ist es?« fragte ich.

»Zeit zum Trinken.« Sie waren sichtlich gut gelaunt.

Im Gegensatz zu mir. Eigentlich bin ich bis heute nicht sicher, daß alles wirklich so war, wie es mir damals vorkam. Im Rückblick erscheint es in einem anderen Licht. Doch ganz egal, wie es in Wirklichkeit war, ich bin so oder so ein Idiot, denn dieses Idiotsein gelingt mir am besten im Leben.

Rafik legte mir den Arm um die Schulter, und wir gingen rein. Ich hätte sogar ein Maschinengewehr nehmen können, aber es war riskant. Und eigentlich brauchte ich dieses verdammte Ding nicht. Wenn mein Plan gelang, dann auch ohne weitere Waffe. Und wenn nicht ... Ich dachte über das Nichtgelingen gar nicht nach. Und das war sicher richtig. Es liegt mir sowieso nicht, über die Zukunft nachzudenken, was soll ich dagegen machen? Komm, setz dich und denk nach, was mit dir so alles passieren kann. Ich werde gefangengenommen, so und so behandelt, dann an dem oder jenem Baum aufgehängt ... Was hat man davon?

Wir gingen rein. Wodka, Brot, Kartoffeln, Tee. Ich trank Tee, rauchte viel, und dann sagte ich, die Armenier wären noch größere Säufer als die Georgier. Sie freuten sich darüber so sehr, als ob sie das ganze Aserbaidschan eingenommen und im Zentrum von Baku die armenische Fahne gehißt hätten. Mann, Mann, Mann! Die Welt hat an mir einen großen Schauspieler verloren. Wieso habe ich seinerzeit nicht die Schauspielschule gewählt? Statt dessen wurde ich wie ein Depp zum Bauingenieurstudium verdammt, und ein Typ mit Brille brachte mir während der Aufnahmeprüfung die fertigen Antworten, aufgeschrieben auf einem Blatt und versteckt in meinem Paß. So schaffte ich es in die Uni. Jetzt will ich so vieles, aber bin nicht mehr imstande, etwas Neues zu lernen. Nie im Leben.

Lassen wir meine Unigeschichten beiseite. Jetzt kommen

wir zum Wichtigsten. Es war gut, daß sie soffen, aber andererseits störte es mich auch, denn ich hatte nicht daran gedacht. Man kann ja nicht alles im voraus planen. Wenn ich jetzt zurückschaue, war mein Plan echt miserabel. Einer von der Sorte, die sich Rafik ausgedacht hatte, um den Tataren zu entfliehen. Das Ganze hätte an einer Kleinigkeit scheitern können. Gleichzeitig wollte ich irgendwie ganz sicher feststellen, ob ich tatsächlich ein Gefangener oder einfach ein sonderbarer Gast war.

Mann, echt.

Ich wandte mich zu Armika und sagte: »Komm, laß uns den Alten besuchen und Billard spielen.«

»Wieso zum Teufel sollte ich jetzt Billard spielen?« antwortete er. »Und wieso willst du das jetzt plötzlich?« Es war Quatsch, natürlich brauchte ich Armika gar nicht, aber ich wußte, daß er nicht die Finger vom Glas lassen und mir folgen würde, um etwas zu sehen, wovon er die Nase gestrichen voll hatte.

»Geh nur, er ist schon dort!« rief Rafik mir vom anderen Ende des Tisches zu, wie ein richtiger Schutzpatron und so. Ich wußte nicht, was tun. Als wir reinkamen, war in der stinkigen Kammer weder Licht noch sonst was zu sehen.

Ich ging den dunklen Korridor entlang. Jetzt gab es kein Zurück mehr.

Die Billardkugeln klickten.

Ich öffnete die Tür.

## 8.

Stand ich im Begriff, einen Menschen zu töten? Darüber hatte ich so nicht nachgedacht, aber als ich in das muffige Billardzimmer reinging, wurde mir fast schlecht. Ich stellte mir bildhaft vor, was ich zu tun hatte, und beinahe hätte ich vor lauter Anspannung mit den Fäusten die Jakkentaschen heruntergerissen. Ich nahm eine Zigarette heraus und zündete sie an.

Mir wurde kalt.

Ja, es lohnt sich, über diese Nacht ausführlich zu berichten, es lohnt sich.

Der zwerghafte alte Billardspieler versuchte halb auf dem Tisch liegend, eine Kugel zu treffen. Der arme Greis. In dieser ganzen Geschichte war er das größte Opfer, der harmlose Magier der bunten Kugeln, der hier eigentlich gar nicht sein und diese verdammten Schlüssel nicht haben sollte, aber was will man machen? Die Bolschewiken haben uns alle in den Wahnsinn getrieben: Armenier, Tataren, Georgier, Professoren wie Taxifahrer. Zeit, Zeit, Zeit: Was hatte ich sonst hier verloren, oder wen könnte ich umbringen oder überhaupt ... Bei der ganzen Operation tat mir nur dieser Mann leid, und ich war gezwungen, ausgerechnet ihn am strengsten oder gar erbarmungslos, oder wie das heißt, zu behandeln. Und wozu? Damit ich aus dieser dämlichen Situation herauskam, in die ich dank seiner Vorgesetzten Rafik und Wartana, oder der Teufel weiß wessen noch, gelandet war. Nun war alles zu spät. Mein Herz schien aus dem Brustkorb zu springen. Im Hals fühlte ich einen Kloß und im Mund Trockenheit.

Dieser bescheuerte Billardspieler bewegte sich nicht. Endlich stieß er die Kugel an, versenkte damit zwei, und erst dann schaute er mich mit seinen friedlichen Augen an.

Er tat mir leid, er tat mir unendlich leid!

Ich habe das Bespitzeln und Ausspionieren nicht drauf. Ich hatte mich nicht getraut, seine Schlüssel zu klauen. Das wäre viel schwerer gewesen.

Wo bin ich? Was mache ich? Wenn ich in unserem wunderschönen und dreckigen Tbilissi, wo ich einen angeblich schönen, staubigen, mit Zigarettenkippen, Videokassetten und Sesseln vollgestopften, rostigen Käfig hatte, normal gelebt hätte, wäre das alles nicht passiert.

Ich weiß, der Käfig von unserem Tengiz Mikatadze ist verrostet, aber trotzdem. Das macht kaum einen Unterschied. Sie schaffen es immer, uns zu bescheißen.

Solche Typen wie mich und so.

Eigentlich durchleben sie ihre letzte gute Phase, mit Maschinengewehren, Verhören und was weiß ich. Aber sie gehen allmählich ab, zum obersten Kommandeur im Himmel. Tengiz, Merab, Orlik, Gegela, Tamaza, Romika, einfach alle. Ich habe das Abtreten dieser Generation noch nicht erlebt, aber sie werden höchstwahrscheinlich genau so altern, wie sie jetzt sind. »Kannst du dich an Ramischwili erinnern? Die ganze Killerschaft von Nachalowka war auf seiner Beerdigung …« So redeten sie. Sie haben noch ein paar Schritte bis zur Menopause, und dann werden sie richtig durchdrehen.

Der alte Billardspieler schaute mich an. Er freute sich so richtig. Und ich … Der Arme meinte vermutlich, der einsame georgische Krieger wäre reingekommen, um seine Meisterschaft zu bewundern.

Ich dachte bis zur letzten Sekunde, daß ich ihm den gekürzten Lauf vom Walera-Gewehr über den Schädel ziehen würde. Er wäre sofort auf das zerschlissene Tuch gefallen … aber plötzlich wagte ich es nicht. Nein, besser gesagt, er tat mir leid, das war es mir nicht wert. Meine Flucht war mir das Leben dieses friedlichen und unglücklichen Greises nicht wert. Nichts war es wert, das Leben dieses alten Mannes zu beenden.

Der zwerghafte Quartiermeister lächelte mich immer noch an. Er war mit seiner Passion beschäftigt und freute sich, daß jemand dabei war. Er freute sich.

Und ich?

Ich war kurz davor, zu jenen Wodka trinkenden Paschas zurückzukehren und ihnen zu verkünden: Bitte, werft mich irgendwo in eine Grube, denn ich hatte mich entschlossen, einen alten Mann umzubringen und abzuhauen, während ihr nichts rafft.

Wenn Gogliko an meiner Stelle wäre, hätte er sich zwar nicht so viel ausdenken können, aber was er geplant hätte, hätte er auch durchgezogen. Und ich? Auf europäisch hat es einen Namen, aber jetzt fällt er mir nicht ein. Bei uns nennt man es schlicht und einfach in die Hosen machen. Wovor in die Hosen machen, könnt ihr euch selbst ausmalen. Ich habe mich tausendmal geprügelt, wurde selbst x-mal verletzt und habe andere verletzt, *ich* habe jemandem das Messer in die rechte Arschbacke gerammt, aber in den Hintern eines gleichaltrigen Idioten ein Jagdmesser zu stechen ist eine Sache und das hier eine völlig andere.

Stell dir vor: Da stehst du, ein Tbilisser Mistkerl, mit dem Gewehr im Gürtel, der Handgranate in der Tasche, und mußt jemanden abknallen. Wen? Einen winzigen, unglücklichen Opa, in einem seiner wenigen glücklichen Momente. Wegen eines Schlüsselbunds. Schuld an allem ist ein anderer, aber umbringen mußt du ihn.

Toll, oder?

Er hatte wäßrige kleine Augen. Sogar die lachten. In einer Hand hielt er das Queue, und der schmutzige hohe Kragen seines roten Pullis reichte ihm bis zum Kinn. Er war klein, fröhlich und hilflos. Wie ein Zirkusclown.

»Spielen wir«, sagte er in gebrochenem Russisch.

Wenn ich ihn mit dem Gewehrlauf geschlagen hätte, wäre er garantiert gestorben. Er war kein Jüngling mehr. Ich war schweißgebadet und spürte meine Hände nicht mehr.

Diese Wichser, der Teufel soll sie holen! Für was halten die sich eigentlich? Und wie sie lachen! Ich glaube, ein Mensch gewöhnt sich an alles. Erst fängt es mit schmutzigen Fingernägeln an, und dann steckst du von Kopf bis Fuß im Dreck und freust dich noch darüber.

So ist es.

Ich stand da wie ein Volltrottel. Zuschlagen konnte ich nicht. Auch er stand da und lächelte mich an. Mir wurde heiß. Ich nahm das Tuch vom Kopf, und plötzlich durchzuckte mich ein Gedanke: Jana, Jana, Jana, hilf du mir bitte. Du, irgendwo verschwundene, stille, traurige …

Irgendwie kam mein erstarrtes Gehirn in Gang. Eine kleine Unhöflichkeit war besser als ein Mord.

Ich steckte das Tuch in die Tasche und knöpfte die Jacke auf. Der Arme dachte wahrscheinlich, daß ich mich auf das Spiel vorbereiten wollte.

Ich nahm das kurze Gewehr raus und drückte es an seine Brust. Es war nicht mal geladen. Er erstarrte. Das Queue fiel aus seiner Hand, und er schaute mich so elend, so hundeelend an, daß ich seinen Blick bis heute vor Augen habe. Das Lächeln erstarrte auf seinem Gesicht, seine Augen erloschen, und die Hände hingen komisch in der Luft.

Seine Augen hatten den Blick des Todes.

Ich erinnere mich, als ich in die siebte Klasse ging, wurde einer meiner Mitschüler durch einen Messerstich tödlich verwundet. Er stand im Männerklo, preßte seine Hände an den Bauch, und niemand wagte es, sich ihm zu nähern. Er stand da mit gläsernen Augen und blickte hinter uns, irgendwo ins Leere. Auch er hatte einen solchen Blick.

Der alte Billardspieler schaute mich nicht an.

Ich stieß den Gewehrlauf gegen seine Brust und befahl ihm, die Schlüssel rauszurücken. Er nahm sie aus der Tasche und legte sie auf den Billardtisch. Es war ein großer Bund mit etwa zehn oder fünfzehn Schlüsseln. Ich ließ ihn unter den Tisch kriechen. Ich schämte mich so sehr, daß ich ihm nicht ins Gesicht schauen konnte. Was hätte ich denn machen sollen, kann mir das bitte jemand sagen?

Ich ließ ihn die Hände um das Tischbein schlingen und band sie mit Janas Tuch fest. Schweiß tropfte mir von der Stirn.

Als ich schon dachte, damit wäre alles erledigt, fiel mir ein, daß er garantiert zu schreien anfinge, sobald ich das Zimmer verließ. Also riß ich meine Jackentasche ab. Es war eine riesige pelzgefütterte Tasche. Meine Fingernägel bluteten beinahe. Mit dieser Tasche stopfte ich ihm den Mund.

Der Arme. Er kauerte so jämmerlich da, als wäre er bereits tot. Sein Kopf hing irgendwie unnatürlich herunter.

Dann mußte ich schuften. Mein Gehirn war kurz vorm Explodieren. Ich schleppte alle Säcke auf den Tisch, damit er mit seinen Schultern dieses verdammte Ding nicht anheben und sich befreien konnte.

Billard mal anders.

Ich steckte die Schlüssel ein, tastete nach der Handgranate in meiner verbliebenen Tasche und schob mein inzwischen geladenes Gewehr in den Gürtel.

Das Licht machte ich aus.

Ich sah mich im Korridor um. Gedämpft waren die Stimmen der saufenden Mistkerle zu hören. Niemand war zu sehen, wer hätte auch was mitbekommen sollen? Ich hatte ja alles mucksmäuschenstill durchgezogen. Widerlich, aber ohne Blutvergießen.

Schnell rannte ich raus auf die Veranda. Die Kühle traf mich direkt ins Gesicht. Ich schwitzte total und so.

Ich schaute mich im Hof um. Bis ich in der Dunkelheit was sehen konnte, machte ich fast in die Hose. Diese blöde demokratische Freie Presse war nirgends zu entdecken.

»Soldier Blue«, hörte ich hinter mir.

Ich drehte mich um.

Es war Marinka. Mit einer weißen Mütze und angezogen wie für einen nächtlichen Spaziergang durch den Park. Plötzlich überkam mich das Bedürfnis, Gogliko zu beschimpfen, ein starkes Bedürfnis, aber es war nicht der richtige Zeitpunkt, um darüber nachzudenken.

»Ruhe! Komm mit!« sagte ich schroff und ging in den Hof. Ich mußte mich beeilen, damit keiner von ihnen rauskam, um die Hauswand zu bepissen.

»Wo gehen wir hin?«

Mann, war die eine Quasselstrippe!

Ich ging am Haus vorbei direkt zu diesem Schuppen, oder was immer das war. Hätte auch das Parlamentsgebäude von Tbilissi sein können, meine Chancen reinzukommen waren ungefähr gleich groß.

Ich knipste das Feuerzeug an und fand das Vorhängeschloß. Sie war ein richtiger Angsthase, meine Fotografin. Sie wagte offenbar kaum zu atmen, so daß ich ihre Anwesenheit beinahe vergessen hätte.

Ich war völlig durchgedreht. Erst den siebten oder neunten Schlüssel kriegte ich in das Schloß. Meine Hände zitterten schon.

Ach, Karabach, Karabach!

Klick! – und das Schloß hing an seinem Bügel. Ich nahm es ab und warf es zur Seite. Dann drückte ich die Tür auf und ging rein. Es war eine verdammte Stahltür.

»Wo sind wir?«

Ein Röcheln ertönte. Sofort klebte Marinka so fest an mir, daß ich sie nicht abschütteln konnte. Ich war schon voll aufgedreht. Wenn Walera mich mit diesem Gesichtsausdruck gesehen hätte, hätte er mir nicht mal ein Glas Wodka gegeben, geschweige denn die Flinte.

»Was ist das?« Zumindest hatte sie Augen wie ein Adler. Bevor ich mich überhaupt zurechtfand, entdeckte sie schon was.

»Komm, bereite dein Spielzeug vor«, flüsterte ich ihr zu und machte das Feuerzeug an.

Eine Wand war zu sehen und noch Heuhaufen oder so. In einer Ecke saß ein Mann gegen die Wand gelehnt. Er war schwarz wie die Pest, mehr konnte ich nicht sehen, aber ich begriff, daß er entweder krank oder verwundet war. Auch sein Mund sah merkwürdig aus, wie eine aufgegangene Naht oder so ein Scheiß.

»Komm, fotografier doch! Los!« Ich knirschte mit den Zähnen.

Der Fremde bewegte sich nicht. Marinka machte Klick, und es blitzte.

»Noch mehr, noch mehr!« wiederholte ich und trat einen Schritt nach vorn.

Es blitzte noch zweimal, und ich näherte mich schon dem Gefangenen. Aber unterwegs stolperte ich über etwas und wäre beinahe hingefallen.

Wieder leuchtete ich mit dem Feuerzeug und sah den zweiten. Er lag auf dem Rücken am Boden. Er stöhnte so entsetzlich, daß ich die Krise kriegte. Er lag im Sterben, ganz sicher. Verdreckt und einfach hingeschmissen. Das Feuerzeug verbrannte mir schon den Finger, aber ich machte es trotzdem nicht aus. Der Mann war definitiv schwer verwundet. Seine Hose war zerfetzt, und, was noch wichtiger ist, er hatte keine Schuhe.

Keine Ahnung, ob der Wind gedreht hatte oder so, aber plötzlich stieg ein solcher Gestank auf, daß ich fast ohnmächtig geworden wäre. So etwas hatte ich in meinem ganzen Leben noch nie gerochen.

Ich beugte mich zu dem an der Wand lehnenden Gefangenen. »Wer bist du?«

Er öffnete mit Mühe die Augen und antwortete, ohne seinen aufgerissenen Mund zu bewegen.

»Samandara Wagif, ich sterbe.«

»Du wirst nicht sterben«, sagte ich und wandte mich zu Marinka. Die weiße Mütze war ganz in der Nähe. »Geh und stell dich neben die Tür. Wenn was ist, gib mir ein Zeichen.« Dann fragte ich den Tataren: »Kannst du laufen?«

»Ich habe Hunger.«

Seine Stimme klang wie aus dem Jenseits.

»Wir müssen abhauen. Ich gebe dir eine Waffe, aber schießen darfst du nicht, verstanden?«

Er schaute zu mir hoch, ich konnte jetzt sein Gesicht erkennen.

»Wir nehmen deinen Kumpel mit und tragen ihn auf dem Rücken. Du bleibst in der Tür stehen. Danach sehen wir weiter.«

»Wohin fliehen wir?«

»Zu deinen Leuten. Wurdest du vor vier Tagen gefangengenommen?«

»Ja, Bahram und ich.«

»Dann nimm deinen Bahram, oder wie der heißt.«

»Er stirbt, er hat zuviel Blut verloren.«

Er war in einem so schlechten Zustand, daß er kaum hochkam.

»Komm, komm schon ...«

Wir konnten den anderen Tataren nur mit Mühe auf die Beine stellen. Er war bewußtlos. Ein Bein hing wie ein gebrochener Ast herunter. Sein Kopf lag an Samandaras Schulter, und wir schleppten ihn mit viel Mühe zur Tür.

»Was hast du vor?« Marinkas dämliche Fragerei machte mich wahnsinnig. Ich konnte ohnehin kaum klar denken.

»Ich habe vor, den Winterpalast zu stürmen, du russische Schlampe«, sagte ich ihr direkt ins Gesicht.

»Hast du sie nicht mehr alle?« Diese miese Ratte mit ihrer weißen Mütze wurde auf einmal zickig.

»Doch, meine Verehrteste«, erwiderte ich eilig, nahm das Gewehr aus dem Gürtel und feuerte in die Luft. Dann lud ich schnell nach und überreichte es dem Tataren. Mit einer Hand schnappte ich Marinka und hielt sie im Schwitzkasten, mit der anderen nahm ich die Handgranate aus der Tasche und steckte den Zeigefinger der Hand, mit der ich Marinka festhielt, in den Ring des Splints.

Am ganzen Körper lief mir der Schweiß herunter.

Noch ein paar Sekunden, und die Armenier würden auftauchen.

Am Anfang kapierte sie nicht mal, was ich da abgezogen hatte. Ich hatte ihre demokratische Freie Presse beschissen.

Ich hörte bereits einige Rufe. Sie begriffen, daß ganz in der Nähe geschossen wurde.

»Ziele auf sie«, befahl ich dem erstarrten Tataren und zeigte auf Marinka.

Unsere Position war gut. Wir standen direkt vor der Tür. Umzingeln konnten sie uns nicht, dazu war einfach keine Zeit. Sie würden beim Anblick Marinkas sowieso gleich den Kopf verlieren.

Bald tauchten sie auf. Völlig durcheinander. Sie kamen von überall hergelaufen. Ich sah die Maschinengewehre im Anschlag. Es war das reine Chaos. Alle sahen in dieser Dunkelheit gleich aus. Ich zitterte am ganzen Körper. Aber das konnten sie nicht bemerken. Sie blieben stehen und starrten mich an. Vermutlich hatten sie begriffen, was hier abging. Marinka stieß einen solchen Schrei aus, daß mir beinahe das Trommelfell platzte. Ich warf einen Blick auf die Tataren. Der eine stand mit dem Gewehr da, der andere hing an seiner Schulter.

»Rafik!« rief ich, »Rafik! Komm du nach vorne! Kein anderer rührt sich!«

»Hilfe!« schrie Marinka, und ich drückte mit meinem Arm noch fester auf ihren Hals.

Ein kleiner Mann mit zerzausten Haaren und einem Maschinengewehr in der Hand trat aus der Menge und kam auf mich zu.

»Stehenbleiben!« rief ich ihm zu.

»Was ist los, Bruder?« Seine Stimme klang ängstlich.

Dieses »Bruder« machte mich wahnsinnig.

»Ich haue ab, hast du mich verstanden?«

»Geh doch einfach, Bruder. Wer hält dich denn?«

Der Schweiß lief mir in die Augen.

Ihr habt keine Ahnung, wie sehr ich ihn beschimpfen wollte.

»Ich gehe zusammen mit denen, hör mir gut zu! Bei dem geringsten Versuch, uns aufzuhalten, werde ich mich gemeinsam mit dieser Schlampe in die Luft jagen ... Jetzt hör zu!«

»Geh doch einfach, Bruder! Wozu das Ganze? Was ist in dich gefahren?« Wieder kam er näher heran.

»Noch ein Schritt, und ich jage deine Schlampe in die Luft. Leg die Waffe weg! Weg! Weg! Hörst du?«

Einige Zeit stand er still und sah mich an.

»Du machst einen Fehler, Bruder«, rief er dann.

»*Du* hast einen Fehler gemacht«, antwortete ich und drückte noch stärker gegen Marinkas Hals.

Mann, sie schrie wirklich entsetzlich. Vermutlich waren auch ihre Kumpels da, aber ich konnte sie nicht erkennen.

»Leg die Waffe weg! Ich zähle bis drei!«

Er rührte sich nicht.

»Eins ...«

Sofort ließ er das Maschinengewehr fallen.

»Wieso machst du das, Bruder?«

Ich mußte Ruhe bewahren. Sonst würde alles nur noch komplizierter werden.

»Hör zu! Hör mir bloß zu!«

Ich war total angespannt. Viel mehr hätte ich nicht ertragen.

»Hör zu! Es werden zwei Autos rückwärts hierhergefahren. Mit Benzin und allem. Im vorderen wirst du mit Marinkas Kumpel sitzen. Mir ist schon alles scheißegal, ich werde uns alle in die Luft jagen. Hör zu! Du begleitest mich durch eure Zone, und dann fährst du zurück. Marinka lasse ich morgen frei. Wenn du deinen Leuten irgendwas anderes erzählst, ist es dein Ende.«

Er stand da und schaute mich an.

»Gio! Wieso tust du mir das an, ist es dir hier schlecht ergangen?«

Ich unterbrach ihn auf der Stelle: »Ich erwarte beide Autos sofort. Du rührst dich nicht vom Fleck. Du kannst den Befehl von hier erteilen.«

Einige Zeit stand er so rum. Drüben flüsterten sie untereinander. Dann drehte er sich um und rief den anderen etwas in seiner melodischen Sprache zu.

Die Wagen wurden wirklich sehr schnell hergefahren. Beide waren Jeeps. Normale Autos hatten sie wahrscheinlich nicht. Die Jeeps wurden mit dem Heck zu mir abgestellt, und alle entfernten sich schnell, ohne sich umzudrehen.

»Hey, Slawik«, rief ich zu der Menge, »geh und setz dich ins Auto.«

Er kam nach vorn und machte so nervöse Trippelschritte, daß ich befürchtete, er könnte gleich in Ohnmacht fallen. Er schaute die ganze Zeit uns, Marinka und mich, an.

»Steig da ein! Du auch«, sagte ich zu Rafik. »Und wirf dein Gewehr hier rein.«

Er warf es auf den Fahrersitz des zweiten Wagens und stieg in den vorderen Jeep.

»Laß die Tür offen!« rief ich ihm zu.

»Ihr steigt hinten ein!« wandte ich mich nun dem Tataren zu. »Wenn dein Kumpel auch drin ist, nimm das Gewehr und halte es dem Armenier an den Kopf.«

Er schleppte sich weg und kletterte in das Auto. Den anderen, Bahrim, oder wie der auch hieß, zog er mit einer Hand hinter sich her.

Marinka schien vor Angst halbtot. Ähnlich dem verwundeten Tataren schleppte ich sie zum Wagen, bugsierte sie von der Fahrerseite rein, dann stieg auch ich ein.

Ich machte den Motor an und schrie:

»Los, fahren wir!«

Ich steckte die Handgranate in die Tasche und fuhr langsam, sehr langsam los.

Auch das vordere Auto setzte sich in Bewegung.

Ich gab ein langes, nervtötendes Hupsignal, und das letzte, was ich im grellen Scheinwerferlicht sah, waren ihre ratlosen, ängstlichen Gesichter mit zusammengekniffenen Augen.

»Fahr langsam!« schrie ich zum letzten Mal, und wir verließen den Hof.

* * *

Hat es einen Sinn, die Geschichte weiterzuerzählen?

Die Fahrt verlief gut. Rafik rief an jedem Wachposten etwas, und man ließ uns durch. Auf meinem Schoß lag das Maschinengewehr, und auch die Tataren kamen langsam zu sich. Nur Marinka saß wie erstarrt, unter der weißen Mütze waren ihre glasigen Augen zu sehen. Sie sagte kein Wort und schaute sich auch nicht um.

Vermutlich schlief Walera nicht, vermutlich lief er sogar auf den Balkon, als ich schoß. Vermutlich dachte er, daß er sich in mir nicht geirrt hatte, vermutlich träumte er von unserem nächsten Treffen. Sein abgesägtes Gewehr hielt jetzt der dürre Tatare in der Hand. Wer weiß, vielleicht würden Rafik und seine Guerillas Walera später einen Besuch abstatten. Wieso ich so oft bei ihm gewesen sei und solche Fragen. Vielleicht geriete er in Schwierigkeiten. Aber nein, er war ein sehr mutiger Typ, mutiger als alle Guerillas zusammengenommen.

Durch das zweite armenische Dorf fuhren wir nicht, sondern machten einen Bogen darum. Den einzigen Wachposten, dem wir unterwegs begegneten, passierten wir ebenfalls problemlos. Dann fuhren wir eine Zeitlang über die Hügel und durch Wälder. Ich hatte mich dermaßen beruhigt, daß ich mit dem Tataren, der bei Bewußtsein war, sogar eine Zigarette rauchte. Der Arme war fast verhungert. Man hatte ihn zehn Mal pro Tag zusammengeschlagen, und das einzige, was er bekam, war Wasser. Der andere, der Verwundete, lag einfach so rum, ohne jede Pflege.

In Kürze, es war kein Krieg, sondern Banditentum. Wer als erster am Zug war, schnappte sich seinen Teil und lief davon.

Schließlich hielt Rafiks Wagen an. Auch ich bremste.

»Findest du von hier den Weg?« fragte ich Samandara.

»Klar doch, von hier ist es leicht«, sagte er zufrieden. Er fühlte sich von mir geachtet. Ich ließ ihn an der ganzen Sache teilhaben.

Ich nahm das Maschinengewehr und öffnete die Tür.

Rafik war bereits ausgestiegen.

Der demokratische Schriftsteller mit dem Ziegenbart spielte an seinem Jackenknopf herum.

»Weiter kann ich nicht fahren«, rief mir Rafik zu.

»Du darfst umdrehen, aber vorher läßt du deine Makarow-Pistole bei Slawik.« Ich lächelte ihn aus der Ferne an.

Ich wußte, daß es gelaufen war, ich war in Sicherheit.

»Gib uns Marinka«, rief er von drüben.

Er stand zehn Schritte entfernt.

»Nein, ihr kriegt sie morgen. Hau ab und verschwinde! Ich warte«, sagte ich und setzte mich mit dem Maschinengewehr in der Hand ins Auto. Der ermutigte Tatare drückte den Gewehrlauf gegen die weiße Mütze.

»Laß mich statt Marinka mitfahren, bitte.« Es war die Stimme von Slawik.

Ich blickte zu ihm. Er stand neben dem Wagen, mit zerzausten Haaren und ganz schön furchtlos. Für ihn war das Ganze ein Opfer für seine Liebe oder so ein Scheiß. Einige Zeit schaute ich ihn an, dann nahm ich das Gewehr in die andere Hand und steckte den Kopf ins Auto.

»Nicht bewegen«, sagte ich zu Marinka. Sie sah nicht mal zu mir hoch. Dann gab ich ihrem Kumpel ein Handzeichen. Er lief zu uns.

»Langsam«, sagte ich, »langsam.«

Er war bereits am Auto. Ich ließ ihn die Tür aufmachen, stieg ein und sagte zu Marinka:

»Geh und bring mein Foto in die Zeitung, hörst du?«

Slawik half ihr auszusteigen und setzte sich auf ihren Platz.

Es gab keinen Zwischenfall.

Die Arme schaffte es nur mit Mühe, sich zu Rafiks Wagen zu schleppen.

Rafik stand immer noch am Auto. Wahrscheinlich platzte er fast vor Wut. Zumindest sah es im Scheinwerferlicht so aus.

»Fahr los, was glotzt du noch, du Hurensohn!« Ich hielt es nicht mehr aus.

Sofort dachte ich, er würde seine Pistole ziehen, auf alles scheißen und dem Ganzen ein Ende machen. Ich hielt mein Gewehr aus dem Fenster.

Aber nichts da. Er riskierte nichts. Sein Leben war ihm wohl zuviel wert, aber vor allem hielten ihn die Russen davon ab. So gut hatte ich in meinem ganzen Leben noch niemanden durchschaut wie Marinka. Um die Russen zu retten, hätte Rafik alles auf sich genommen. Dieser verfluchte Henker und Geschäftsmann in einem.

Einige Zeit schaute er mich mit zusammengekniffenen Augen an, dann stieg er ein, wendete und fuhr davon. Als er weg war, ließ ich den Motor an und fuhr los. Der Tatare gab mir von hinten Anweisungen.

Slawik sagte kein Wort. Er verstand, daß weder er noch die dumme Fotografin etwas mit der Sache zu tun hatten.

»Waren Sie ein Gefangener?« fragte er mich plötzlich.

»Ja«, antwortete ich, ohne den Kopf zu drehen. »War sie nicht toll, unsere Reise nach Karabach?«

»Immer noch besser als nach Gibraltar«, sagte er todernst.

»Wirst du diese Geschichte in dein Buch aufnehmen?«

Er beantwortete meine Frage nicht, und auch ich sagte kein Wort mehr. Ich horchte nur auf das leise Murmeln von Samandara und vernahm ab und zu das Stöhnen des zweiten Tataren.

Wir holperten lange über Feldwege.

Mein Tatare, Samandara, drehte so auf, daß er kaum noch stillsitzen konnte. Er war zwar halb verhungert und verdurstet, aber durch die unerwartete Rettung geriet er außer sich und kam allmählich zu Kräften. Der andere lag da mit dem blutigen Bein und so, ohne die Augen zu öffnen. Der erste Wachposten bemerkte uns nicht gleich, genausowenig wie wir ihn, denn mein hungriger Tatare schien irgendwie geistesabwesend. Als sie anfingen zu schreien, hielt ich sofort an. Ich hatte Angst, beschossen zu werden.

Als ich das Schluchzen von Samandara hörte, dachte ich, daß die Flucht sich allein deswegen gelohnt hatte und so. Allein wegen dieses dämlichen Wassermelonenverkäufers. Wahrscheinlich stimmte das auch. Ich legte meinen Kopf ans Steuer und fühlte, wie meine Augen feucht wurden. Ich erinnerte mich an das zerstörte armenische Dorf und den kiffenden Maler, der mir sein Familien-Gewehr geschenkt hatte und in dieser stillen Februarnacht auf dem Balkon seines schiefstehenden Hauses betrunken auf das Abfeuern seiner Waffe wartete. Die heimtückischen, verräterischen Winternächte von Karabach, diese widerlichen Heuchler und ihre Lügen, die als Taktik bezeichnet werden, die Hinterlist, die von unseren grauhaarigen Schönrednern als ganz normale zwischenmenschliche Beziehungen verkauft wird. Alles stieg in mir hoch, und ich begann so zu schluchzen, daß es mir bis heute peinlich ist, ganz ehrlich. Stellt euch mal vor, was für einen Anblick wir boten: Um unseren Wagen ohne Nummernschild scharten sich die Tataren, mit Schußwaffen und so, alle waren perplex und verdattert. Drin saßen wir, einer war am Sterben, der andere Tatare schrie rum, ich mit meiner verheulten Visage und der russische Journalist, der auch nicht ganz bei Sinnen zu sein schien und anscheinend versuchte, mir beruhigende Worte zuzuflüstern.

Dann ging alles schnell. Samandara schleppte sich aus dem Wagen, auch ich, vom Weinkrampf geplagt, stieg aus. Was danach vor sich ging, kann ich nicht genau sagen. Ich erinnere mich nur an deren Zähne und grinsende Fratzen, die ich bis heute vor mir sehe. Man erkannte Samandara, Bahram wurde in ein anderes Auto umgeladen, und wir fuhren weiter.

An jedem Wachposten schloß sich uns ein weiteres Auto an.

Es sah wie eine Hochzeit aus, bloß fuhr vor uns ein Militärwagen. Alle anderen folgten. Mit Hupen und so. Wie ich erfahren durfte, wurde ein großes Fest vorbereitet. Nach so vielen Verrücktheiten erinnerte ich mich endlich an Gogliko. Nicht gerade brüderlich. Bei uns nennt man so etwas »jemanden in die Scheiße reiten«. Gott sei Dank, daß es mir mit Gogliko passiert ist. Als ich in armenischer Gefangenschaft war, dachte ich kein einziges Mal über ihn nach. Vermutlich hat er sich auch wegen mir keinen Kopf gemacht. Nun wußte ich, daß wir uns wiedertreffen würden, als ob nichts gewesen wäre.

»Wo warst du, Hackfresse?« Mehr würde er nicht fragen.

So weit, so gut, aber würde ich ihn tatsächlich wiedersehen? Wer weiß, wohin er in dieser verdammten Nacht gelaufen ist oder was er angestellt hat. Dieser Hohlkopf. Ich war so hastig abgehauen, daß der einzige Anhaltspunkt der Ort war, von wo ich flüchtete. Ich mußte wieder zu diesem Mistkerl Fizul und dem Oberst mit dem Bierbauch zurück. Wie hätten sie mich wohl behandelt? Na, immerhin: Ich hatte ihnen diesmal Geschenke mitgebracht, sogar aus ihrer Wunschliste. Einen Militärjeep, zwei zum Tode verurteilte Tataren, ein Maschinengewehr, einen demokratischen Journalisten der Freien Presse ... War doch echt nicht wenig?

Keine Ahnung. Keine Ahnung.

Ich fuhr, so schnell es mein stotternder schwerer Jeep zuließ. Da behauptet man, gebranntes Kind scheut das Feuer! Mir kam es eher vor, als ob ich von einer Klokabine im Fußballstadion von Tbilissi in eine andere gegangen wäre. Natürlich ist in jeder Kabine die gleiche Scheiße, das heißt die Luft wie der Boden sind von dieser Scheiße durchtränkt. Plötzlich war meine Freude verflogen. Dieses Weinen, oder was ich da abgezogen hatte, geschah nur wegen des kaputten Nervenkostüms und nicht etwa aus Freude. Welche Freude denn auch?

Ich durchquerte das armenische Territorium dank unserer Journalisten ruhig und unbehelligt. Ich war in einem Schockzustand, bin aber heil da rausgekommen und schon wieder auf dem Damm, denn ich bin ein Typ, der sich rasch erholt. Mein Vater, der ewige Goldjunge, kann stolz auf mich sein.

Ich rede Quatsch. Also zurück zur Sache.

Es war noch Nacht, aber die Morgendämmerung brach langsam an. Auch hier war Schlamm. Überhaupt, wenn man mich fragt, ist das Hauptmerkmal von Aserbaidschan der Schlamm. Ich erkannte die Häuser und Zwergbäume, die ich damals im Dunkeln bemerkt hatte, gleich wieder. Auch ihr spezifischer Geruch stieg mir in die Nase. Samandara weinte ununterbrochen, er atmete nur zwischendurch kurz ein, und dann schluchzte er weiter. Unser Slawik war wie benebelt, saß erstarrt auf seinem Sitz. Der andere Tatare saß nicht mehr in unserem Wagen, man hatte ihn in ein anderes Fahrzeug getragen. Alle hatten sich um ihn geschart wie Hennen um ihre Küken. Auch Samandara boten sie an, mit ihnen zu fahren, aber er kam zurück und stieg wieder in unser Auto ein.

Endlich erschien das riesige Sowjetgebäude dieses jämmerlichen Ortes, mit erleuchteten Fenstern, offener Tür und ... mein cooler Lada, demoliert, durchlöchert und schlammig, stand an der gleichen Stelle, wo wir ihn verlassen hatten.

Und noch ...

Hurraaaaaa ...

Unsere Kolonne fuhr mit solchem Pomp vor dem Gebäude auf, daß es mir wie eine Ankunft vor der Oper vorkam. Die Maschinengewehre, die Maschinenpistolen, die Hände, ihre fettigen Fellmützen, alles war aus den Fenstern gestreckt, und sie schrien aus voller Kehle. Es war Freude pur. Sowohl für sie als auch für mich, denn ich hatte meine Karosse gesehen. Hatte sich hier diese Schießerei abgespielt?

**9.** *Was kann ich sagen, womit kann ich Sie erfreuen?* Einmal sah ich fern, es war an Silvester. Ein Redner rollte erst mit den Augen, rieb dann sein Kinn und zitierte plötzlich den berühmten Ausspruch von Ilia Tschawtschawadse:

»Was kann ich sagen, womit kann ich Sie erfreuen?«

Womit kannst du mich erfreuen, es ist Silvester, geh und trinke Amaretto. Gib an vor den protzigen Tussis in deinem Studio!

Jetzt merkt man mir gewiß an, daß ich inzwischen in Tbilissi bin, im größten und stinkigsten Klo des ganzen Stadions, nicht wahr? Es ist alles beim alten. Ich bin wieder schwach. Ich bin wieder einsam. Ich habe weder das Tuch von Jana noch sonst etwas. Nur die kurze Flinte, vom Möchtegernmaler Walera geschenkt, liegt oben auf dem Schrank. Ich selbst liege unter einer dicken Decke im neuen Bett, und im Zimmer ist der Heizkörper an.

Drüben im anderen Zimmer sitzen Gogliko, Duda und Wika beim Kartenspiel. Gogliko hat keine Lust, Duda spielt mit voller Hingabe, Wika schreibt auf. In der Küche klappert Nana, Tengiz ruft jede halbe Stunde an und so.

Ich stelle mich schlafend, als ob es mich hier gar nicht gäbe.

Gleichzeitig versuche ich zu verstehen, ob ich tatsächlich von den Armeniern festgehalten wurde oder nicht. Jetzt, aus der Ferne, kann ich es nicht genau sagen, ob alles so war oder ob ich mir das Ganze nur eingebildet habe. Was habe ich dort abgezogen? Es wird mir für die nächsten 100 Jahre reichen. 100 Jahre und noch ein ganzes Leben.

Draußen ist das für Tbilissi charakteristische Scheißwetter, die aggressive, wechselhafte Kälte des März. Alles ist beim alten, als ob nichts geschehen wäre. Als ob einfach etwas vorbeigerutscht wäre und basta.

Nichts kann hier etwas verändern, egal, was passiert, alles bleibt unberührt. Wieder die gleichen Gedanken, wieder der gleiche Wahnsinn.

Seit drei Tagen liege ich so rum und denke nach. Egal, was passiert, ich werde nicht aufstehen. Die Jungs stellten den Fernseher und den Videorekorder in mein Zimmer, setzten sich zu mir und fingen an fernzusehen. Ich kann es nicht, ich will es nicht – und überhaupt: Ich will rein gar nichts. Tengiz ist nachdenklich geworden. Er kommt rein, sieht mich mit ängstlichen Augen an, und dann fragt er: »Sag, was ich dir bringen soll.«

Er hat sie nicht alle, was soll er mir bringen? Er hat bis heute nicht verstanden, daß mir dieses »Was bringen« und so am Arsch vorbeigeht. Ich schaue die ganze Zeit die Tapete an. Man hat mir sogar ein Buch gebracht, einen Krimi von James Hadley Chase. Gleich auf der ersten Seite wird so viel gelabert, daß man sofort Kopfschmerzen kriegt. Ich habe nicht mal das gelesen, was ich eigentlich lesen mußte, was soll ich jetzt mit diesem blöden Krimi anfangen? Eine Perle aus der Kollektion von Tengiz Mikatadze.

Jetzt erinnere ich mich, daß ich ein einziges Mal in meinem Leben ein Buch gekauft habe. Es war am Tbilisser See. Ich habe es für Jana gekauft. Wißt ihr, wie es hieß? *Lexikon des leckeren und gesunden Essens.* Damals dachte ich, daß wir das Buch brauchen könnten. Jana würde dank der Rezepte exquisite, mit Zitronen und schwarzen Pflaumen dekorierte Gerichte zubereiten, und wir würden zusammen am großen Tisch in der Loggia sitzen. Die Tischdecke wäre unbedingt weiß, mit Kerzen und so, wie in amerikanischen Filmen. Ich würde Ray Charles auflegen, die Gardinen zuziehen, und wir wären allein, nur für uns, nur für uns.

Und jetzt?

Ja, übrigens, wißt ihr, wie es überhaupt dazu gekommen ist, daß ich hier rumliege und so?

Ich rede nicht bzw. kann nicht mehr reden, besser gesagt, ich will mit niemandem über irgendwas reden. Seit drei Tagen habe ich kein Wort gesagt, und alle drehen deswegen durch. Der arme Irakli kommt rein, steht da, schaut mich lange an, setzt sich für einige Zeit hin, grinst mich an, aber dann verschwindet er wieder blitzschnell aus dem Zimmer, so daß man nur das Türknallen hört. Ich weiß, daß er von Nana geschickt wird. Sie denkt, wenn ich überhaupt mit jemandem rede, dann mit ihm. Was soll ich machen? Ich kann nicht mehr reden, und was habe ich überhaupt jemandem zu sagen: Ich dachte, in Karabach wäre ich frei, und dann stellte ich fest – ob es nun stimmt oder nicht –, daß ich ein Gefangener war. Als ich herkam, wollte ich wieder zurück, dort war es besser für mich. Aber falls ich doch ein Gefangener war, für den man Lösegeld verlangte, hätte man mich letztendlich wieder hierher geschickt. So waren die Karten verteilt.

Also liege ich nur rum und erinnere mich an mein letztes Abenteuer.

Auf der Treppe vor diesem Sowjetgebäude standen etwa zwanzig Männer. Sie waren in ihre stinkigen Pelze gehüllt und beobachteten unsere Kolonne. Wahrscheinlich wußten sie schon Bescheid und warteten auf uns.

Zwei Stufen darunter, ganz unten, ganz allein, entfernt von allen anderen und hochmütig, stand dieser Alte, Oberst Nurejew. Um den Hals trug er einen warmen Schal. Den Kopf hielt er irgendwie schräg zur Seite geneigt.

Ich wußte nicht, was ich machen, wie ich mit ihnen reden sollte.

Samandara stieg aus dem Auto. Er lehnte sich an die Tür und rief etwas auf aserbaidschanisch. Ich schaute zu Slawik.

»Was wirst du machen, Slawik?«

Ohne mich anzusehen, murmelte er: »Ich mach schon was. Ich schließe mich einer russischen Einheit an. Vor uns Journalisten kuschen alle.«

»Ich sage denen, daß du mir geholfen hast.« Ich zog den Autoschlüssel ab, nahm mein Maschinengewehr und stieg aus.

Dutzende Tataren begleiteten mich zum Kommandeur. Ich kam mir wie Dschochar Dudajew vor.

»Salam, Georgier.« Der Oberst gab mir die Hand. Er hatte anscheinend einen steifen Hals.

Ich schüttelte ihm die Hand; ich kann es nicht ausstehen, wenn man den Handschlag verweigert.

»Sind Sie wohlauf?« fragte er mich hochmütig.

»Kann nicht klagen.« Ich grinste ihn an wie einen alten Freund. Ich war fast euphorisch, spürte weder Müdigkeit noch sonst was.

»Wie sieht es drüben aus?«

»Sie essen Haferschleim«, sagte ich.

Es brach lautes Lachen aus.

Einige klopften mir sogar auf die Schulter.

»Laß uns reingehen und es feiern, oder?« Dieser Mistkerl nahm mich am Arm.

»Wo ist mein Freund?«

Er lachte. »Er ist hier, wo soll er sonst sein? Entweder schläft er oder raucht, ansonsten schimpft er.«

Ich nahm eine Zigarette und zündete sie an.

»Ihr bekommt dieses Auto, dieses Gewehr und diese Menschen«, sagte ich schnell, »ich bekomme mein Auto, Benzin, Schlüssel, Geld und Gogliko.«

Er dachte nach.

Was hier noch zu überlegen war, blieb mir unverständlich. Dann nahm er mich zur Seite und sagte irgendwie bedrückt:

»Das Geld gibt es nicht mehr, mein Lieber, ich habe es unter den Jungs aufgeteilt. Mir bleiben nur noch dreitausend.«

Eigentlich war ich deswegen nicht besonders bekümmert. Scheiß auf Atschiko Kipiani und seine fehlenden zwanzigtausend. Aber ich mußte doch bis zum Ende Gas geben. Genau in diesem Augenblick hörte ich ein Gemurmel und drehte mich um.

»Heilige Gottesscheiße, Gio!« vernahm ich eine bekannte Stimme.

Gogliko stand auf dem Treppenabsatz, zerzaust, abgemagert und mit schiefem Kiefer. Sein Erscheinen machte die ganze Situation noch lebendiger.

»Aus dem Weg, ihr Wichser«, schimpfte Gogliko auf georgisch, »was gibt es hier zu lachen, ihr Hurensöhne!«

Und er sprang direkt vom Treppenabsatz und stürzte zwischen die lachenden Tataren, was einen ziemlichen Tumult verursachte. Was *ich* machte, weiß ich nicht mehr.

Ich erinnere mich nur daran, daß wir uns umarmten.

Er war richtig zugedröhnt. Es war nicht mal Morgen, und er war schon im Vollrausch.

»Gehen wir, Gogliko, gehen wir.« Ich war kurz davor zu heulen.

»Wo warst du, Hackfresse?«

»Keine Ahnung, Gogliko ...«

»Ich bin fast durchgedreht, Mann, diese Hurensöhne!« Dann dachte er kurz nach und fragte mich plötzlich: »Fahren wir weg?«

»Ja.«

»Ich habe diese Mistkerle dazu gebracht, jeden Tag den Motor laufen zu lassen. Wegen der Batterie. Dieser Bastard ...« Er schaute zu Nurejew.

»Komm! Steig ein!«

Ich steckte die Hand durch die zerschossene Scheibe und öffnete die Tür.

»Ich habe ihnen gesagt, daß du abgehauen bist, um Geld zu holen, war doch richtig so?«

»Ja.«

»Weißt du, wie gut ihnen das gefallen hat?«

»Ja.«

»Wo bist du gewesen, Gio?«

Ich konnte ihn nur mit Mühe ins Auto bugsieren.

Die Tataren tankten es bereits auf.

Sogar zwei Benzinkanister stellten sie hinten rein. Hut ab!

»Das Geld von Atschiko und Dauscha, Gio?« Er erinnerte sich echt zur rechten Zeit.

»Warte auf mich«, sagte plötzlich der Oberst und lief die Treppe hinauf.

Ich stand am Auto und zündete die nächste Zigarette an.

Gogliko hing mit halbgeschlossenen Augen auf dem Sitz.

Ich hielt Ausschau nach Fizul, konnte ihn aber nicht entdecken.

Nurejew erschien wieder auf dem Treppenabsatz, gefolgt von zwei Offizieren. Er hielt irgendwelche Papiere in den Händen.

Er näherte sich mir und zupfte an seinem Schal.

»Du bist ein anständiger Kerl. Wir wissen das zu schätzen. Dein Geld gibt es leider nicht mehr. Nimm dein Maschinengewehr mit und auch das hier. Damit wird dich niemand anhalten.« Er reichte mir die Papiere. Ohne einen Blick darauf nahm ich sie und steckte sie in die Tasche.

»Danke«, sagte ich zwar, aber ich hatte Angst davor, das Maschinengewehr mitzunehmen. Ich plante ja, das kurze Gewehr von Walera zu behalten, das ich aus dem Jeep in meinen Lada umgeladen hatte. Das sagte ich ihm auch.

»Wir verstecken sie«, sagte er sehr sachlich und gab seinen Leuten ein Zeichen.

Sie nahmen die Rücksitze aus dem Auto, und irgendwo tief in der Nähe der Reifen versteckten sie beide Gewehre.

»Nun«, dieser stinkige Oberst umarmte mich, »du bist einfach ein toller Kerl ...«

Nix da mit toller Kerl. Ich weiß doch besser, was ich bin. Ich kann nichts, ich weiß nichts, ich bin nur ein dämlicher Nichtsnutz ...

Er zog meinen Autoschlüssel aus der Tasche und übergab ihn mir. Gogliko schlief schon. Er ist echt hartgesotten. Nerven und solche Sachen kennt er nicht. Ich stieg ein und ließ den Motor an. Plötzlich löste sich ein Soldat im Pelzmantel und mit einem Maschinengewehr in der Hand aus der Gruppe der Tataren und kam zum Auto.

»Das ist für deinen Freund«, sagte er und warf etwas in den Wagen. Es war ein etwa faustgroßes Bündel. Ich öffnete es nicht mal. Es war eh klar, was es enthielt.

Ich gab Gas und drehte um.

»Man wird euch nicht anhalten«, hörte ich noch die Stimme des Obersts. Der Letzte, den ich sah, war unser demokratischer Journalist der Freien Presse. Er stand neben dem Jeep, den ich entführt hatte, und schaute mich an. Es wurde hell.

Ich weiß nicht mal, wie schnell ich fuhr.

Auf unserer Seite der Roten Brücke ist die Luft frischer, aber auch die Unruhe ist größer. Auf unserer Seite der Roten Brücke hält man das Maschinengewehr anders. Es war bereits Abend, und wir fuhren durch die georgischen Dörfer. Ich war gut ausgeschlafen, aber zerschlagen, ausgelaugt und erstarrt.

Neben mir saß Gogliko, bleich, angeschlagen, aber unermüdlich und umtriebig wie immer.

Er spielte mit dem Mchedrioni-Medaillon und rauchte die

Zigarette, die er einem Polizisten auf der Roten Brücke abgeknöpft hatte.

»Ich dachte, du bist abgehauen, Mann, aber wohin? Dann nahm ich an, daß du nach Tbilissi gefahren bist, um Geld zu holen und so. Gut gemacht, Mann.«

Unser Lada war eine echte Augenweide, durchlöchert, drekkig. Ich brauste über die Schnellstraße. Unterwegs begegnete ich Panzern und Militärwagen. Alle hielten uns an. Es wäre auch erstaunlich, bei unserem Erscheinungsbild nicht angehalten zu werden.

Immer stieg Gogliko aus, um mit ihnen zu reden. Er spielte mit dem Medaillon in der Hand, so daß es auch wirklich jeder sah, und fragte hochmütig: »Was ist los, Bruder?«

Man antwortete etwas, »unser Bruder« lachte zufrieden.

»Georgische Mchedrioni, Bruder.«

Wieder im Auto ließ er das kleine Bündel durch die Finger gleiten. »Ich habe mit ihnen um Gras Karten gespielt, habe sie richtig abgezockt.«

»Womit hättest du bezahlt, wenn du verloren hättest?«

»Gar nicht, diese dämlichen Wichser können mich mal.«

»Du hast aber doch am Ende was von ihnen bekommen.«

»Dieser Mistkerl Nasredin schuldete mir das.«

»Er hat seine Schulden doch beglichen, was willst du mehr?«

»Sie sind echte Landeier, aber sie lieben Drogen. Ist das bei den Armeniern anders?«

»Keine Ahnung.«

»Haben sie dich kiffen lassen?«

»Nein, wir haben Wodka getrunken.«

»Auch nicht schlecht, Mann.«

So fuhren wir weiter und weiter.

»Dauscha wird ausflippen.«

»Gib ihm die Kalaschnikow.«

»Wieso das denn? Die verkaufe ich und gebe ihm dann die zwanzigtausend.«

Zum Teufel mit euch beiden!

Jedesmal, wenn ich nach Tbilissi reinfahre, überkommt mich das Bedürfnis zu bremsen. Auch jetzt war mir nicht wirklich klar, ob es besser war, bei Rafik in Gefangenschaft zu sein oder sich auf dem Terrain von Tengiz Mikatadze zu bewegen.

Es fing bereits im Vorort Ortatschala an.

Ich hörte Gogliko gar nicht mehr zu, beschimpfte ihn innerlich aber ununterbrochen.

Als ich auf den Rustaweli-Boulevard einbog und die umkämpften Gebäude mit ihren Kriegsspuren wiedersah, wäre mir beinahe das Steuer aus der Hand gerutscht, so sehr wollte ich umkehren und von dort verschwinden. Erst dachte ich, den Berg hoch nach Tskneti zu fahren und dort zu bleiben, aber das Dorf ist einfach zu nah. Da konnte ich genausogut in der Kawsadsestraße wohnen. Wenn ich einen Ort hätte, irgendwo weit entfernt, wo es … Aber keine Ahnung, wohin ich gehen soll, wie ich von hier fliehen kann.

Alles kehrte zurück. Die verlorene Jana, das durcheinandergeratene Leben, das Chaos in Tbilissi, die Leere, nichts, nichts … Du gehst hierhin und dorthin, hängst mit den Jungs an Straßenecken ab und bleibst für den Rest deines gottverdammten Lebens bei denen hängen.

Gogliko ließ ich im Zentrum aussteigen, dann fuhr ich bis zum Park, bog in die Paliaschwilistraße ein, stellte das Auto im Hof ab und stieg aus.

Ich hatte Kopfschmerzen und wollte mich übergeben.

Ich schaute zu den Fenstern hoch und trat in den Hausflur.

Einige Zeit saß ich auf der Treppe. Auf der Treppe, wo Jana an Weihnachten auf mich gewartet hatte.

Dann stand ich auf und öffnete die Wohnungstür.

Das Licht machte ich nicht an.

Ich streifte die Jacke ab und setzte mich in den Sessel. Keine Ahnung, wie lange ich so dasaß.

Dann nahm ich das Telefon.

Wen sollte ich anrufen? Wen scherte mein Dasein? Tengiz natürlich, wen sonst.

Nana nahm ab.

»Giuschki ... Gio!« Ihre Stimme klang irgendwie komisch, unecht.

Aber es berührte mich nicht, alles egal. Ich war wie früher.

»Ich bin zurück«, sagte ich und wollte kotzen, genau wie es in den Büchern beschrieben wird. Ich fühlte etwas in meinem Hals stecken.

»Gio, wo warst du, Gio? Wir waren außer uns vor Sorge. Tengiz ist total durchgedreht. Sie haben mit Hubschraubern nach dir gesucht. Hat denn dein Kumpel niemanden, der ihn vermißt?«

»Nein. Wo ist mein Vater, wieder auf Straßenkontrolle?«

»Gio, er hat sogar in Moskau angerufen, wir suchen seit vier Tagen nach dir, er war die ganze Zeit auf den Beinen.«

Sieh mal an, er war auf den Beinen.

»Komm zu uns, Gio!«

»Nein.«

»Wo warst du, Giuschki?«

»In Karabach.«

»Wo?«

»Ich war in Kara...«

Dann legte ich auf. Es ist ein Trick, als ob die Verbindung getrennt wurde. Klick!

Ich warf mich wieder in den Sessel.

Dann kam Ihre Hoheit Tengiz Mikatadze höchstselbst, sonnenverbrannt, mit grauen Haaren und Machofrisur. Als ich die Tür öffnete, bekam ich von ihm einen Schlag mit der Hand unter das Auge. Der Gagat in seinem Ring wäre beinahe zersprungen.

Dann betrachtete er meine Jacke, meine armenische Militäruniform und setzte sich an den Tisch.

»Wenn man dich fragt, nimmst du keine Drogen«, sagte er.

»Ich nehme tatsächlich keine.«

»Also bist du bloß der Fahrer von diesem Hurensohn. Ich scheiße auf eure Freundschaft.«

Dann stand er auf und streckte sich.

»Was hast du mit dem Auto angestellt, wer hat auf euch geschossen?«

Ich gab ihm keine Antwort. Er kann mich mal.

»Wo wart ihr?«

»Wir fuhren nach Jerewan.«

»Ja, in Jerewan eingeschlafen und in Karabach aufgewacht. Du Dreckskerl, was lügst du mich an! Du kannst diese Scheiße deinen Freunden auftischen. Wo warst du? Geld hast du nicht mitgenommen, und dein Busenfreund hatte wohl auch keins.«

Ich ließ ihn wieder ohne Antwort.

»Eine ganze Woche ... Gib mir den Schlüssel.«

Ich nahm ihn aus der Tasche und schmiß ihn auf den Tisch.

Dann setzte ich mich auf den Boden und schaute zur Wand.

Ich stellte mir vor, wie Gogliko seine Wohnung betreten würde, wie er das Maschinengewehr auf den Schrank legen und das von der Oma gemachte Omelette herunterschlingen würde. Dann hätte er geduscht, sich aufs Bett geworfen und bis zum nächsten Morgen geschlafen. Ich wurde neidisch.

»Du gehst von jetzt ab zu Fuß. Wie ein Hausierer.«

Wieder keine Antwort. Wieder sagte ich nichts.

»Wer hat auf euch geschossen?«

Ich schaute zur Seite. Ich wollte nicht antworten. Ich wollte nichts.

Er setzte sich wieder an den Tisch.

»Nana hat mir was zu essen für dich mitgegeben, geh runter und hol es!« Er warf mir seinen Autoschlüssel zu. »Die Klamotten und so hat alle Nana gekauft. Du hattest schließlich Geburtstag.«

Ach ja, ich hatte Geburtstag. Ich erinnerte mich nicht mal daran. Der Geburtstag.

An meinem letzten Geburtstag …

Nichts davon.

»Ich kann nichts essen. Ich übergebe mich die ganze Zeit. Ich hatte seit neun Tagen keinen Stuhlgang, meine Nieren tun mir weh, die Füße sind geschwollen, die Zunge klebt mir am Gaumen.«

Einige Zeit starrte er mich regungslos an.

Plötzlich stand er auf.

»Geh duschen«, sagte er und nahm den Schlüssel, »*ich* bringe das Zeug nach oben.«

Ich ging ins Bad und stellte mich unter die Dusche.

Mir wurde ganz, ganz schlecht. Mir tat irgendwie nichts weh, aber ich wollte etwas herausreißen, einen Teil von mir. Ich dachte, wenn ich den los bin, finde ich Ruhe. Nicht mal die Augen konnte ich öffnen. Ich stand so da, völlig sinnlos. Dann kletterte ich mit Mühe aus der Badewanne. Es war dunkel. Mein Vater war nicht zu sehen, er war nicht da. Ohne Licht anzumachen, warf ich mich aufs Bett und wickelte mich in alles ein, was ich finden konnte. Irgendwann hörte ich das Türgeräusch. Ich lag mit offenen Augen da und sah komische Figuren auf der Wand. Es war ein Schattenspiel oder so was.

Ich raffte, daß Nana da war, und wollte ihr etwas zurufen, aber ich konnte nicht. Ich schaffte es einfach nicht, etwas zu sagen. Um ehrlich zu sein, wollte ich auch mit niemandem reden. Das Licht ging an. Nana trat zu mir. Ich bewegte mich nicht, ich wollte niemanden sehen.

Nana umarmte mich, aber ich gab ihr keinen Kuß. Ich fühlte mich wie ein nasses Handtuch um Nanas Arm. Sie begann mich auszufragen. Genau kann ich mich nicht daran erinnern, obwohl ich ihr zuhörte. Ich beantwortete jedenfalls keine ihrer Fragen, sagte kein einziges Wort.

Tengiz kam auch. Sie saßen zusammen an meinem Bett und schauten mich an. Ich betrachtete wieder die Wand. Keine Ahnung, ob ich geschlafen habe oder nicht. Ich weiß nur, daß es irgendwann hell wurde. Nana saß noch da, Tengiz war verschwunden. Das Telefon klingelte öfters.

Alle wollten wissen, wie es mir ging.

Als ich die auf das Tablett gestellte Tasse und das Frühstück sah, mußte ich mich übergeben.

Ich rollte mich mit Mühe zur Seite, so daß Nana die Bettwäsche wechseln konnte. Ich nahm alles wahr und kann mich an alles gut erinnern: Wie die Jungs mit nassen Schuhen und roten Nasen reinkamen, wie Gogliko weinte und wie Japara auf den Teppich starrte.

Ich redete bloß nicht. Ich konnte und kann es bis heute nicht. Es geht nicht um Sprachvermögen, ich könnte freilich sprechen, aber etwas hält mich innerlich ab, vermutlich die Tatsache, daß ich nicht weiß, was ich sagen soll. Es gibt nichts mehr zu sagen. Es ist alles aus.

Was soll ich antworten?

»Was ist mit dir los?«

Nana versucht es immer wieder. »Gio, sag doch was!«

Tengiz steht in der Tür und schaut mich sehr, sehr lange an.

Dann geht er raus und macht diese idiotische Tür zu. Er leidet wohl auch.

Kürzlich haben sie ein richtiges Konsilium zusammengerufen. Mann, Mann, Tengiz hat die ganze Professorenschaft geholt: Megreladze, Muchaschawria, Danielaschwili, Ambokadze, Tsitlanadze, Kawtaradze. Sie haben mich wie einen Damenschuh hin und her gewendet und von allen Seiten betrachtet. Dabei redeten sie über alles mögliche, über die Unruhen, über mich, über meine Freunde, über Konflikte zwischen den Generationen, über Teepreise in China und was weiß ich noch was.

Dieser Kawtaradze kam als letzter und wurde richtig philosophisch. Alle wußten anscheinend, was passiert war. Gogliko hatte wohl alles erzählt, dann war Duda mit einem aufgeregten Gesicht zu meinem Vater gerannt und hatte es brühwarm weitergetratscht.

Also dieser Kawtaradze meinte, es handele sich um eine Depression, da aber der Junge so viel durchgemacht habe, sei das nicht verwunderlich. Er schrieb eine ganze Liste von Medikamenten auf und trank noch einen Kaffee direkt vor meiner Nase.

Ich wäre so gern wie dort, in Karabach, irgendwie normal. Die ganze Sache hat mich nicht sonderlich mitgenommen, aber als ich hier ankam, fühlte ich mich wie erbarmungslos zusammengeschlagen, ich lag in der Ecke und schaffte es nicht mal aufzustehen.

»Das ist eine blöde Krankheit, aber sie geht weg. Sie folgt auf Streß, das heißt, man muß ihn jetzt gut pflegen und mit Medikamenten behandeln.« Diesen Ratschlag gab er Nana, und dann verabschiedete er sich von mir: »Wenn ich dich das nächste Mal besuche, mußt du mir Gedichte vorlesen.«

Dann kamen Freunde von Tengiz, sie stopften Briefumschläge mit Kohle unter die Kissen. Ich lag mit geschlossenen Augen da und stellte mich schlafend, denn ich wollte ihre Fratzen nicht sehen.

Das geht nun schon fünf Tage so.

Ich spreche nicht, kann weder essen noch den Blick von der Wand abwenden.

Nana versucht mich mit irgendwelchem Brei zu füttern. Zweimal am Tag kommt die Krankenschwester und durchlöchert meinen Hintern. Keine Ahnung, wie sie aussieht, ob sie jung oder alt ist, hübsch oder nicht. Es interessiert mich nicht. Mich interessiert rein gar nichts.

Morgens, wenn ich aufwache und die Augen öffne, sehe ich in der Tür einen großen Mann stehen. Er hat ein dunkles, gepflegtes Gesicht und trägt einen weißen Mantel. Er lehnt sich mit dem Ellbogen an die Tür und schaut mich an. Sobald ich die Augen aufreiße, dreht er sich um und geht. Dann beruhige ich mich, als ob etwas Schlimmes vorbei wäre.

Nana ist im anderen Zimmer beschäftigt.

Auch die Jungs kommen mich besuchen. Einige Zeit sitzen sie bei mir, dann gehen sie raus, quatschen oder spielen Karten. Sie haben sich in Schichten eingeteilt.

Gogliko nimmt seinen Platz immer im Sessel vor mir ein, reibt sein schiefes Kinn und lacht mich an. Das gefällt mir in meinem Zustand am besten. Seine kaputten Zähne, die unter den dicken Augenbrauen versteckten sorglosen Augen und jene unerklärliche Art, wie wir uns wortlos verstehen.

Ich kann mich an alles erinnern. Ich erinnere mich an alles. An den saufenden Maler aus Karabach, an den steifen Hals des Obersts, an die Nacht, als ich in das Auto von Armeniern gesprungen bin, und wer weiß noch an was. Keine Ahnung. Ich habe keine Ahnung, wie so etwas geschieht, wie die Karten verteilt werden, wie wir einander begegnen und brauchen; wer fädelt diese merkwürdigen Situationen ein, und wer thront da über unseren Häuptern? Keine Ahnung, warum ich so bemuttert werde, wieso ich ein neues Auto habe, und wieso das alles mich an die Klos im Dinamo-Stadion erinnert. Wieso gibt es keine Ruhe, und wieso steht alles auf dem Kopf?

Ich liege im Bett und döse.

Ich habe neue Visionen.

*Ich* bin Tengiz Mikatadze, obwohl Tengiz in meinem Zimmer liegt, verwirrt und schweigend. Ich laufe durch die Straßen der Stadt, ich suche etwas, ich schaue mich um, ich betrachte die blassen Mädchen mit traurigen Augen. Ich gehe nicht mehr zur Arbeit, sehe nicht fern, weder trinke ich noch streite ich mich mit Nana. Ich denke nach, ich schnüffle rum, befrage die Kumpels von Gio, versuche kein Aufsehen zu erregen. Dann fahre ich los und halte in einem Vorort von Tbilissi vor einem Hochhaus mit bröckelndem Verputz an. Ich gehe die Treppe hoch und klingle. Ein mageres, schwaches Mädchen mit offenen Haaren öffnet. An der linken Hand hat sie viele wertlose Ringe. Sie hat dünne, nervöse Finger und trägt eine zerschlissene Jeans. Ich sage kein Wort, nehme ihre Hand. Dann setze ich sie in das Auto, und wir fahren wie verrückt durch die Straßen. Ich rase durch die Barnowistraße den Hügel hinab und halte vor dem Hof mit dem hohen Torbogen an. Sie schaut zu Boden und zittert. Sie weiß selbst, was sie zu tun hat. Sie öffnet die Tür, steigt aus und geht über den Hof. Wenn sie außer Sichtweite ist, wird sie die Treppen hochrennen – das weiß ich genau – und vor der richtigen Tür stehenbleiben. Dann wird sie klingeln. Das kurze Klingeln wird den Idioten Gio Mikatadze, der die Wand anstarrt, an etwas sehr Altes und Schmerzhaftes erinnern, er wird aufspringen und die Tür öffnen. »Jana«, wird er ganz leise sagen. Das Mädchen wird den Kopf senken, und ihr Haar wird ihr ins Gesicht fallen.

Ich, Tengiz Mikatadze, werde im Laden unten Unmengen von Schokolade kaufen, und wenn ich zu Hause ankomme, werde ich damit Irakli überschütten, so daß außer seinem zerzausten Kopf und den weißen Händen nichts mehr von ihm zu sehen ist.

Das wird das Ende sein.

Wie klingt das?

Man sagt, ich sei krank, meine Reise nach Karabach habe mich verändert. Ich liege wortlos herum und spüre die Wärme der Lampe auf meinem Gesicht. Ich halte den Atem an. Draußen ist es dunkel, und komische Figuren tanzen auf der Wand.

Ebenfalls im Weidle Verlag erschienen:

**Zurab Karumidze**
**Dagny oder Ein Fest der Liebe**
**Roman**

Aus dem Englischen von Stefan Weidle
288 Seiten, fadengeheftete Broschur, 23 Euro
Einbandzeichnung: Levke Leiß
Gefördert vom Georgian National Book Center
978-3-938803-85-1

»Das postmoderne Feuerwerk eines Georgiers, der die norwegische Rakete Dagny Juel, die Munch, Strindberg und dem Berliner Bohemien Stanislaw Przybyszewski den Kopf verdrehte, zusammen mit dem Mystiker Georges Gurdjieff und dem jungen Stalin in einen fantastischen Orbit schießt.« *Gregor Dotzauer, Der Tagesspiegel*

»Mit spielerischer Leichtigkeit verknüpft Karumidze all die kleinen Anekdoten, Geschichten und Mythen über sein Heimatland nicht nur zu einem anspruchsvollen Roman, sondern zugleich zu einem schillernden Kaleidoskop georgischer Geschichte und Kultur.«
*Moritz Müller-Schwefe, Süddeutsche Zeitung*

»Wer jedenfalls im Jahr des georgischen Gastlandauftritts auf der Frankfurter Buchmesse als Fremder einen Blick auf populäre Mythen und Gestalten der Geschichte des Landes werfen will, vermengt mit haarsträubenden, geradezu Sterne-haften Abschweifungen zur Sprache und Kultur, der findet davon hier reichlich.«
*Tilman Spreckelsen, FAZ*

Die Originalausgabe *Mogzauroba Qarabghshi*
(მოგზაურობა ყარაბახში) erschien 1992.


The book is published with the support
of the Georgian National Book Center
and the Ministry of Culture and Sport of Georgia.

GEORGIAN
NATIONAL
BOOK
CENTER

MINISTRY OF CULTURE
AND SPORT OF GEORGIA

Georgia
Made by Characters
Guest of Honour
Frankfurter Buchmesse 2018

Dank an Irena Popiashvili, Lika Kacharava
und besonders an Bela Chekurishvili
für die Durchsicht der Übersetzung.


Beethovenplatz 4, 53115 Bonn
www.weidle-verlag.de

Lektorat: Stefan Weidle
Korrektur: Kim Keller, Helen Ludwig
Gestaltung und Satz: Friedrich Forssman
Einbandgemälde: Karlo Kacharava (1964–1994)
Schriften: Cassia und Lota Grotesque
Druck: Ph. Reinheimer GmbH, Darmstadt
Bindung: Schaumann, Darmstadt

Die Deutsche Bibliothek – CIP-Einheitsaufnahme
Ein Titeldatensatz für diese Publikation ist bei
Der Deutschen Nationalbibliothek erhältlich.

Dieses Buch wurde klimaneutral gedruckt.
natureOffice.com | DE-077-134232

978-3-938803-87-5